かくれ蓑

八丁堀剣客同心

鳥羽亮

時代小説文庫

角川春樹事務所

目次

本書はハルキ文庫（時代小説文庫）の書き下ろしです。

かくれ蓑

八丁堀剣客同心

第一章　岡っ引き殺し

1

大川端《おおかわばた》の柳が強風に揺れていた。川面《かわも》に波が立ち、汀《みぎわ》に打ち寄せる水音が足元で騒ぎ立てるように聞こえてくる。

日本橋浜町。暮れ六ツ（午後六時）を過ぎていた。

大川端は濃い暮色につつまれ、ふだんは通行人が行き交っている通りも、いまは人影がほとんどなかった。ときおり、夜鷹《よたか》らしい女や飲み屋の帰りらしい町人が通りかかるだけである。

岡っ引きの浜六《はまろく》は、背後から吹き付ける風にせかされるように大川端を足早に歩いていた。柳橋《やなぎばし》の料理屋に探っていた事件の聞き込みに行った帰りである。

浜六は五十がらみ、老練な岡っ引きだった。岡っ引き仲間からは、すっぽんの浜六と呼ばれて一目置かれていた。派手さはなかったが、食いついたら放さない執拗《しつよう》さがあったからである。かかわった事件は小まめに歩いて探索し、他の町方が諦《あきら》めたころになって下手人《げしゅにん》を嗅《か》ぎ出すようなことも珍しくなかった。

浜六は行徳河岸《ぎょうとくがし》方面にむかって歩いていた。左手に大川が流れ、右手は大名や大身の旗本の武家屋敷がつづいている。前方には大川にかかる新大橋があり、まだ残照のある夕空のなかに黒く浮き上がったように見えていた。

……あいつ、おれを尾《つ》けているのか。

浜六は、さっきから半町ほど後ろを歩いてくる職人ふうの男が気になっていた。

黒の半纏《はんてん》に紺の股引《ももひき》。手ぬぐいで頰《ほ》っかむりし、すこし背を丸めて歩いてくる。瘦《そう》身《しん》ですこし猫背である。その身辺には、闇《やみ》の世界で生きている男を思わせるような陰湿で酷薄な雰囲気がただよっていた。

浜六は薬研堀《やげんぼり》を過ぎたとき、何気なく背後に目をやって男の姿を目にとめた。それからずっと、男はほぼ同じ間隔を取ったまま背後から歩いてくるのだ。

浜六は男に見覚えはなかった。もっとも、遠方の上に頰っかむりしていたので、顔はまったく分からない。その歩く姿に覚えがなかっただけである。

浜六はすこし足を速めてみた。半町ほど歩いて、それとなく振り返って見ると、やはり男は同じ間隔を保ったままついてくる。

浜六は、おれに恨みでもあり、襲ってくるかもしれねえ、と思ったが、逃げる気にはならなかった。男はひとりである。それに、武器らしい物は持っていないようだった。せいぜい懐《ふところ》に、匕首《あいくち》を呑《の》んでいるぐらいであろう。

新大橋が眼前に迫ってきた。黒い橋梁《きょうりょう》が夕空を圧するように見える。

とそのとき、背後の風音のなかに足音が聞こえた。

頬っかむりした男が走ってくる。右手を懐につっ込んでいた。匕首を握っているのかもしれない。

……やろう、やる気か！

浜六は、右手を懐につっ込んで十手《じって》を握りしめた。

走り寄った男は浜六の五間《けん》ほど後ろに来ると、足をとめて懐から匕首を取り出した。頬っかむりした手ぬぐいの間から、双眸《そうぼう》がうすくひかっている。すこし背を丸めた姿は獲物に迫る野犬のような雰囲気があった。

浜六が足をとめ、懐から十手を取り出したときだった。

突然、前方の柳の樹陰から別の人影があらわれた。浜六はギョッとして、その場に立ちすくんだ。

牢人体《ろうにんてい》の武士だった。小走りに近付いてくる。総髪で、黒鞘《くろざや》の大刀を一本落とし差しにしていた。羊羹色《ようかんいろ》の小袖《こそで》によれよれの紺袴《こんばかま》。強風に煽《あお》られ、袴の裾《すそ》がバサバサと音をたてていた。

面長《おもなが》で目が細く、とがった顎《あご》をしていた。血の気《け》のない肌をしていたが、うすい唇だけが妙に赤みを帯びている。

……こ、こいつは、ただ者じゃァねえ。

浜六は、ゾッとして総毛立った。

牢人は幽鬼を思わせるような不気味な雰囲気を身辺にただよわせ、浜六に迫ってきたのである。

挟み撃ちだった。牢人は、新大橋のたもとの樹陰に身を隠して、浜六を待ち伏せしていたのだ。

「て、てめえら、おれに恨みでもあるのか！」

浜六が叫んだ。

追剥《おいは》ぎや辻斬《つじぎ》りとはちがう。浜六の手にした十手を見ても、まったく動揺の色を見せなかった。浜六が岡っ引きであることを知っていて、仕掛けてきたにちがいないのだ。

牢人体の男は何も言わなかった。無表情のまま浜六に迫ってくる。浜六を斬る気のようだ。すでに、右手を刀の柄《つか》に添えている。

……逃げるしかねえ！

咄嗟《とっさ》に、浜六は反転した。牢人より後ろに立っている職人ふうの男の方が、逃げやすいと踏んだのである。

職人ふうの男は匕首を胸のあたりに構え、ゆっくりと近付いてきた。頬っかむりした手ぬぐいの間から、かすかに白い歯が見えた。うす笑いを浮かべているらしい。

浜六は職人ふうの男にむかって走りだした。

職人ふうの男が足をとめ、腰をかがめるように身構えた。手にした匕首が、男の顎のあたりでにぶくひかっている。

「やろう！」

浜六は叫びざま、十手で職人ふうの男に殴りかかった。

瞬間、腰をかがめていた男は脇に跳びざま、浜六のふるった十手を匕首で払った。

甲高《かんだか》い金属音がひびき、浜六の十手が流れた。

浜六は勢いあまって前につんのめり、転びそうになったが足を踏ん張ってこらえた。そして、体勢を立て直して駆け出そうとしたが、その前に牢人が立ちふさがった。すでに抜刀し、抜き身を右手にひっ提げている。

浜六との間合はおよそ三間。牢人は底びかりのする目で、浜六を見つめている。職人ふうの男は浜六の逃げ道を塞《ふさ》ぐように背後にまわり込んでいた。

浜六の全身を恐怖がつつんだ。

「そ、そこをどけ！」

浜六は十手をかざして叫んだが、声は震えていた。かざした十手も、ワナワナと震えている。

つ、つ、と牢人が間合をつめてきた。刀は両手に持ち変えたが、切っ先を足元に垂らしたままである。下段の構えというより、ただ刀身を足元に垂らしただけのような覇気のない構えだった。

その構えに、浜六は異様な不気味さを感じて、体が凍りついたように固まった。

牢人が斬撃《ざんげき》の間に迫ってきた。銀蛇のようなひかりを放つ刀身が、薄闇のなかを滑るように近付いてくる。

浜六は強い恐怖から激しい胴震いにみまわれ、逃げようにも足が思うように動かない。まさに、蛇に睨《にら》まれた蛙《かえる》である。

牢人が寄り身をとめた。そのとき、血を含んだような赤い唇の間から白い歯が覗《のぞ》いた。笑ったようである。

それを目にした浜六は、

「た、助けて！」

と、喉《のど》のつまったような悲鳴を上げて駆けだそうとした。

間髪をいれず、牢人の膝先《ひざさき》から弧を描くような閃光《せんこう》が疾《はし》った。次の瞬間、浜六は首筋に激しい衝撃を感じた。

一瞬、浜六は頭のどこかで首筋から何か熱いものが奔騰《ほんとう》したのを感じた。意識があったのはそこまでである。

浜六の首がかしぎ、首根から血飛沫《ちしぶき》が驟雨《しゅうう》のように飛び散った。牢人の一撃が、浜六の首を刎《はね》たのである。

2

やわらかな春の風が吹いていた。庭の欅《けやき》の新緑が朝陽を浴びて眩《まぶ》しいほどにかがやいている。庭の黒土には蓬《よもぎ》、はこべ、たんぽぽなどが萌え出て、殺風景だった庭をみずみずしい緑でつつんでいる。

「いい陽気になったな」

長月隼人《ながつきはやと》は、髪結いの登太《とうた》に言った。

隼人は南町奉行所の隠密廻《おんみつまわ》り同心で、いつも出仕前に縁先で登太に髪を結いなおさせていたのである。

「桜も終わりましたし、そろそろ亀戸天神《かめいどてんじん》の藤ですかね」

登太は慣れた手付きで櫛《くし》を動かしながら言った。

亀戸天神の社前の池にかかる大小二つの太鼓橋と池の周囲の藤が江戸の名所のひとつで、藤の花の季節には大勢の見物客で賑《にぎ》わうのだ。

「ずいぶん亀戸天神にも行ってないな」

隼人がそう言ったとき、背後の障子《しょうじ》があいた。

顔を出したのは、おたえである。おたえは隼人の妻だった。歳《とし》は二十一。長月家に嫁に来て三年経《た》つが、子供がいないせいもあって、まだ娘らしさが残っていた。おたえの色白のふっくらした頬《ほお》に心配そうな色があった。

「旦那《だんな》さま、そろそろ御番所へ出仕なさりませんと……」

おたえは、隼人が出仕時刻に遅れないか心配しているのである。

御番所は奉行所のことである。通常、同心の奉行所への出仕時刻は五ッ（午前八時）と決まっていたが、すでに五ッ近かったのである。

おたえの父親の前田《まえだ》忠之助《ただのすけ》は、小石川見廻り同心だった。几帳面《きちょうめん》な男なので、出仕時刻に遅れることなどなかったにちがいない。そういう家庭で育ったおたえは、出仕時間が迫っても平気で髷《まげ》を結い直している隼人に気を揉《も》んでいたのであろう。

「旦那、すみましたぜ」

そう言って、登太が隼人の肩にかけていた手ぬぐいを取った。

「よし、出かけるか」

隼人は大きく伸びをして立ち上がった。

縁先から居間にもどり、愛刀の兼定《かねさだ》を腰に帯びた。兼定は亡くなった父、藤之助《とうのすけ》の遺刀である。刀身は二尺三寸七分。身幅のひろい大業物《おおわざもの》であった。

通常、奉行所同心は刃引を差すことが多い。それというのも、下手人を斬殺《ざんさつ》せずに生け捕りにする必要があったからである。

ところが、隼人は斬れ味の鋭い兼定を差していた。理由は、藤之助が牢人に斬殺されたこともあり、いざというときのために備えていたのである。それに、峰打ちにすれば、下手人を生け捕りにすることもできるのだ。

戸口まで見送りに来たおたえが隼人に身を寄せ、

「旦那さま、今日は早く帰れますか」

と、甘えた声で訊《き》いた。

「何かあったかな」

「夕餉《ゆうげ》に、お酒を用意しようかと思ってるんですよ」

おたえが、隼人の肩先に胸をつけて耳元でささやいた。隼人は酒好きだったが、家ではあまり飲まなかった。女ふたりを前にして、酒を飲む気分になれなかったからである。

「そうだな。今日は早く帰ろうか」

隼人がそう言ったとき、おたえの背後で、コホ、コホという乾いた咳《せき》の音が聞こえた。母親のおつたである。

見ると、おつたは腰を曲げ、いかにも苦しげに顔をしかめて近付いてきた。隼人を見送りに来たらしい。

おつたは五十八歳。夫の藤之助に早く死なれたこともあって、歳より老けて見えた。腰もすこし曲り、皺《しわ》の多い梅干しのような顔をしている。

「母上、休んでいてください。無理をすると、風邪をこじらせますよ」

隼人がいたわるように言った。

おつたは、昨夜《ゆうべ》から風邪気味だと言って、自分の部屋で伏せっていたのだ。もっとも、おつたが体の不調を訴えるのは、めずらしいことではなかった。風邪気味だ、頭痛がする、足腰が痛い……、と隼人の顔を見るたびに体の不調を訴えるのだ。おたえが嫁に来てから、特にそうである。おつたにしてみれば、隼人の気を引きたいのかもしれない。

「でも、おまえが出かけるのに寝てるわけにはいかないよ」

おつたが、柱をつかんで体を支えながら苦しげに言った。

「母上、季節もよくなったし、そのうち亀戸の藤でも見物に行きますか」

隼人がそう言うと、おつたは目を見張り、

「いいねえ。亀戸の藤は、見事だからね」

と、顔をほころばせて言った。

「ですが、風邪にさわるかな」

隼人が眉宇《びう》を寄せて言うと、

おつたは急に腰を伸ばし、シャキッとした顔付きをして、

「おまえ、風邪なんか気の病《やまい》だよ。二、三日もすれば治りますよ」

と、声を強くして言った。

「それなら安心。……では、母上、行ってまいります」

隼人はおつたに背をむけて、ニヤリと笑った。

戸口を出ると、小者《こもの》の庄助《しょうすけ》が挟み箱を担いで待っていた。

「旦那も、いろいろ気を使いやすね」

　庄助が笑いながら言った。

　戸口で、隼人とおつたのやり取りを聞いていたらしい。庄助は、隼人に長く仕えており、長月家の内情をよく知っていたのである。

「相手は手のかかる女ふたりだ。下手人の捕縛《ほばく》より、難儀だな」

　隼人が冗談を言いながら、同心の住む組屋敷のつづく通りに出た。通りの先に目をやると、利助《りすけ》と綾次《あやじ》の姿が見えた。ふたりは慌《あわ》てた様子で走ってくる。

　利助は隼人が手札を渡している岡っ引きだった。綾次は利助の下っ引きである。

「何かあったようだな」

　隼人は、ふたりの慌てた様子から何か事件があったことを察知した。

　利助が隼人のそばに走り寄るなり、

「旦那、てえへんだ。浜六親分が殺《や》られた」

　と、声をつまらせて言った。よほど急いで来たと見え、肩で息をしている。

「浜六というと」

　隼人は咄嗟に顔が浮かばなかった。

「佐久間町の親分ですぜ」

「横峰《よこみね》さんの手先か」

隼人はすぐに分かった。

横峰宗之助《そうのすけ》は隼人と同じ南町奉行所の定廻《じようまわ》り同心だった。浜六は横峰が手札を渡している岡っ引きである。老練な岡っ引きで、これまでも町方が匙《さじ》を投げたような難事件を執拗に探索して下手人を挙げたこともあると聞いていた。

「場所はどこだ」

「新大橋に近い大川端で」

「すぐに行こう」

八丁堀から遠くなかった。日本橋川を越えれば、すぐである。

「旦那、御番所へは行かねえんで」

庄助が困惑したような顔をして訊いた。

「番所は後だ。なに、事件を探索してたことにすれば、文句を言うやつはいねえよ」

隠密廻り同心は、奉行から直接指示され隠密裡《おんみつり》に動くことが多い。そのため、定廻りや臨時廻りの同心とちがって、奉行所に出仕せずに探索に当たることもあったのだ。

「利助、案内しろ」

「へい」

利助と綾次が先に立ち、隼人と庄助がつづいた。

3

隼人たちは、八丁堀から日本橋川にかかる江戸橋を渡って日本橋小網町へ出た。日本橋川沿いの道を大川方面にむかい、すぐに左手の路地へ入った。町家のつづく通りを東にむかえば、新大橋近くの大川端へ出る。

道すがら利助が話したところによると、利助と綾次の住居である神田紺屋町の小料理屋、豆菊《まめぎく》に魚を入れているぼてふりが、大川端で浜六が殺されていることを話したのだという。

「それで、すっ飛んで来たんでさァ」

利助が口をとがらせて言った。

「すると、まだ現場は踏んでないのだな」

利助と綾次は、紺屋町から八丁堀に直接来たらしい。

「へい。まず、旦那の耳に入れてからと思いやしてね」

「ともかく行ってみよう」

隼人は道を急いだ。だいぶ、陽が高くなっている。大川端の通りなら、町方だけでなく野次馬も集まっているはずだ。

浜町堀を越え、旗本屋敷や大名の下屋敷《しもやしき》などのつづく通りを抜けると、大川端に出た。

陽気がいいせいか、人通りはかなりあった。ぼてふり、風呂敷包みを背負った店者《たなもの》、供連れの武士、町娘などが行き交っている。

「旦那、あそこだ！」

利助が通りを指差して声を上げた。

見ると、新大橋の手前の大川端に人だかりができていた。通りすがりの野次馬らしいが、なかに八丁堀同心の姿もあった。遠方で、だれかは分からないが、羽織の裾を帯に挟む巻き羽織と呼ばれる八丁堀ふうの格好をしているので、すぐに知れるのだ。

「天野《あまの》がいるようだな」

すこし近付くと、天野玄次郎《げんじろう》であることが分かった。

天野は二十七歳。南町奉行所の定廻り同心だった。隼人が三十六歳だったので、かなり年下である。隼人と天野は、お互いの屋敷が近かったこともあり、特に親しくしていた。隼人は、これまでも何度か天野と手を組んで事件を解決してきたのである。

ろう。


「横峰さんもいるな」

天野の近くに横峰の姿もあった。浜六が殺されたことを聞いて、駆け付けたのであろう。

隼人たちが人垣に近付くと、天野が、

「長月さん、ここです」

と言って、手招きした。

どうやら、浜六の死体は天野と横峰の立っているそばにあるらしい。付近には、尻《しり》っ端折《ぱしょ》りに股引姿の岡っ引きや下っ引きたちが、十人ほど集まっていた。どの顔もこわばっている。

無残な死体だった。浜六は歯を剝《む》き出し、苦悶《くもん》に顔をゆがめて死んでいた。手に十手を握りしめていた。下手人にむかって、十手をむけたのかもしれない。

浜六は両腕を伸ばして俯《うつぶ》せになっていたが、顔はねじれたように横を向いていた。喉皮を残して刃物で截断《せつだん》されたようだ。首根から白い頸骨《けいこつ》が覗いている。

……下手人は武士だな。

と、隼人は思った。それも、かなり腕の立つ男である。

浜六の首は刀で截断されていた。他に傷はなかった。一太刀《ひとたち》で首を刎られたとみていい。腕の立つ者でなければ、立っている者の首を喉皮だけを残して一太刀で截断するのはかなり難しい。

隼人は子供のころから剣術道場に通い、直心影流《じきしんかげりゅう》の遣《つか》い手《て》だったので、下手人の腕のほども看破できたのである。

そのとき、横峰の苛立《いらだ》ったような声が聞こえた。見ると、横峰の前に若い男が肩を落として立っていた。二十歳《はたち》前後と思われる色白の男で、悲痛に顔をゆがめている。

「それで、おめえに心当たりはねえんだな」

横峰が、さらに声を大きくして訊いた。

「へえ、親分は、あっしに何も言わなかったんでさァ」

若い男がうなだれて言った。

隼人が若い男に目をむけていると、利助がそばに来て、浜六親分の手先の常吉《つねきち》ですぜ、と小声で耳打ちした。

どうやら、横峰は浜六の下っ引きから事情を訊いているらしい。

隼人は横峰に近付いてふたりのやり取りを聞こうとは思わなかった。こうした市井《しせい》で起こった事件は、まず定廻りと臨時廻りが探索するのが常であった。隼人のような隠密廻りは奉行か与力の指示で動くのである。

隼人が浜六の死体に目をやっていると、天野が近付いてきた。

「どうみます」

天野が小声で訊いた。

「何も分からぬ。この男が岡っ引きだということも、さきほど利助に聞いて分かったばかりだ」

隼人は、下手人は腕の立つ武士だろうな、とだけ言い添えた。言わずとも、天野にも分かっていただろう。

「追剝ぎや辻斬りでないことはたしかです。下手人は浜六の十手を見たはずですから」

天野が言った。

「そうだな」

隼人も同感だった。下手人は、浜六が岡っ引きと知っての上で斬ったのである。

「浜六が何を探っていたか分かれば、下手人の見当がつくかもしれませんね」

そう言って、天野は横峰と常吉の方に視線をやった。双眸が、奉行所の同心らしい鋭いひかりを帯びている。

「うむ……」

隼人はすぐに天野の胸の内を読んだ。天野は浜六の手先の常吉に訊けば、浜六が何を探っていたか分かるのではないかと思っているのだ。

……おれも、そこから手繰《たぐ》るだろうな。

と、隼人は思った。

横峰もそのことは承知していて、常吉から執拗に事情を訊いているようだった。

「横峰さんの後で、常吉から訊いてみな」

そう言い置いて、隼人はその場から離れた。これ以上、この場にいてはかえって天野や横峰の探索の邪魔になると思ったのである。

人垣から出た隼人を、利助と綾次が追ってきた。

「旦那、どこへ行くんで」

利助が訊いた。

「番所だよ。いまからでも遅くはねえ」

隼人はそう言って歩きだした。庄助が慌てて跟《つ》いてくる。

4

その日、隼人は早目に八丁堀の屋敷に帰った。おたえが夕餉に酒をつけると言っていたのを思い出し、たまには女ふたりを相手に一杯やるか、と思ったのである。

ところが、着替えを終えて居間に腰を落ち着けたとき、天野が顔を出した。浮かぬ顔をしている。

「常吉から聴取したことを、長月さんに話しておこうと思いましてね」

そう言ったが、他に何か話したいことがあるようだ。

「どうだ、一杯やるか。おたえに用意させるぞ」

隼人は、天野と飲むのも悪くないと思った。

「いえ、すぐ済みますから外で」

天野が困惑したような顔をした。いかに親しくしているとはいえ、夕餉前に来て一杯やるのは、あまりに厚かましいと思ったようだ。

「そうか。まだ、酔うのは早いからな」

隼人は腰を上げると、おたえに、しばらく、天野と話してくる、と言い置いて、戸口から出た。

　ふたりは同心の組屋敷のつづく通りから、亀島川の河岸通りへ出た。

　まだ、暮れ六ツ（午後六時）までには、半刻《はんとき》（一時間）ほどもあろうか。夕陽が亀島川の川面を橙色《だいだいいろ》に染めていた。その川面を分けて、荷を積んだ猪牙舟《ちょきぶね》や艀《はしけ》などが行き交っている。亀島川は魚河岸や米河岸のある日本橋川とつながっているせいか、船荷を積んだ船が多い。

「それで、常吉の話は」

　隼人が切り出した。

「常吉によると、浜六は柳橋の近くで大川に身を投げた島蔵《しまぞう》という男を洗っていたそうです」

　天野が小声で言った。

「身投げをか」

　隼人が足をとめて聞き返した。自殺者を探索していたとは、思ってもみなかったのだ。

　この時代（天保のころ）、江戸では身投げ、事故死、病死者の投棄などの水死体が多く、陸に流れついた死体はともかく、流れている死体をわざわざ引き揚げて調べなくてもよいということになっていた。

町奉行所同心も、川を流れる死体や海に出てしまった死体をいちいち引き揚げて検《けん》屍《し》するようなことはしなかったのである。

「殺しの疑いでもあったのかい」

浜六が探索していたとなれば、ただの身投げではないだろう。

「島蔵を検屍した横峰さんにも訊いてみたんですがね。まちがいなく、身投げだったそうですよ」

天野の話によると、島蔵の死体は薬研堀近くの桟橋の杭《くい》にひっかかっていたという。船頭が桟橋に引き揚げると、島蔵のことを知っている者がいて、近くの番屋にとどけたそうである。

「横峰さんは、巡視の途中、そばを通りかかったこともあり、念のために検屍したそうです。島蔵はまちがいなく溺死《できし》で、刃物の跡や毒を飲まされたような痕跡《こんせき》もなかったようです。それでも、一応、家族から話を聞いてみたそうです」

家族の話によると、島蔵は浅草、黒船町で瀬戸物屋をやっていたという。奉公人が三人いる店で、瀬戸物屋としては大店《おおだな》の方だった。商売もうまくいっていたようだが、三年ほど前に料理屋の座敷女中に入れ込んで商売の方がおろそかになり、ここ半年ほどは借金がかさんで、店をたたまねばならないような状況だったという。

「入水《じゅすい》した日も、島蔵は家族に大川にでも飛び込みたいと洩《も》らしていたようですので、まず身投げとみてまちがいないでしょう」

天野はまだ浮かぬ顔をしていた。

「その件を、浜六は探っていたのか」

隼人は、ゆっくりと歩きだした。

「そうらしいんです」

天野は同じ歩調でついてくる。

「妙だな」

「わたしも、腑《ふ》に落ちないのです」

「手先の常吉は、下手人について何か言ってなかったのか」

「それが、常吉も分からないらしいんです」

「ふたりは、同じ事件を洗ってたんじゃァねえのか」

隼人の物言いが伝法になっていた。岡っ引きや下っ引きを相手にしゃべるときの口調が出たのである。

「浜六は、常吉に今度の事件には手を出すな、と強く言ったそうです」

「どういうことだ」

「浜六は常吉に、半年前の平造《へいぞう》とそっくりだ、ふたりとも、身投げにはまちげえねえが、殺されたと言ってもいいかもしれねえ、とも言ったようです」

「平造という男は」

隼人は平造という名に覚えがなかった。

「常吉の話だと、平造は半年ほど前に大川に身を投げた下駄屋のあるじだそうでしてね」

口振りからして、天野も平造の件は知らなかったようだ。

「そいつも、借金で首がまわらなくなったのかい」

「そうらしいんです」

「うむ……」

だからといって、ふたりが殺されたとみることはできない。それに、似てるといっても、借金苦からの自殺などめずらしくないのだ。

「浜六は、さらにこう言ってたそうです、こいつは、とてつもねえ事件《やま》かもしれねえ、とね」

「なに」

隼人は足をとめて天野を見た。

浜六は島蔵と平造の身投げに、事件の臭《にお》いを嗅ぎ付けたのだ。それも、浜六が、とてつもねえ事件かもしれねえ、と口にするほどの事件である。

……浜六は、口封じで殺《や》られたのかもしれねえ。

と、隼人は思った。

その事件にかかわった何者かが、浜六の口を封じるために始末したのではあるまいか。

隼人がそのことを口にすると、天野が、

「わたしも、そう思います」

と言って、亀島川の川面に目をやった。

米俵《こめだわら》を積んだ猪牙舟がゆっくりと近付いてくる。その舟を見つめる天野の顔には、まだ憂慮の翳《かげ》があった。

「天野、他にも何か言いたいことがあるのか」

天野がわざわざ訪ねて来たのは、事件で聞き込んだことを伝えるためだけではないようである。

「横峰さんです」

天野が小声で言った。

「横峰さんが、どうした」

「わたしが色々訊いたせいもあるんでしょうが、横峰さんに、この件はあまり深入りしない方がいい、おまえの身のためだ、と釘《くぎ》を刺されたんです」

そう言って、天野は隼人に目をむけた。

「横峰さんが、そんなことを言ったのか」

今度は、隼人が川面に目をやった。横峰の真意が、読めなかったのである。

横峰は四十がらみで、隼人より年上である。長年定廻り同心を務め、これまでも多くの事件を担当して、相応に下手人を挙げてきた。南町奉行所の同心仲間でも、一目置かれている存在である。

ただ、金にうるさく、袖の下次第で担当した事件を適当に処理してしまうという噂《うわさ》もあって、同心のなかには横峰を嫌う者も少なくなかった。

隼人も何度か同じ事件にかかわったことがあったが、横峰に対して特別な気持は持っていなかった。町方同心のなかでも、「捕物ならびに調べもの役」と呼ばれる定廻り、臨時廻り、隠密廻りの三役の同心は、多かれすくなかれ袖の下をもらっているのである。それが、同心の収入でもあったのだ。隼人にしても、大店などに立ち寄ったとき、渡される袖の下を拒んだりはしなかった。

「どうしたものでしょう」

天野が訊いた。

どうやら、天野は今度の浜六殺しに、どうかかわっていいのか、隼人の考えを訊きに来たらしい。

「浜六に手札を渡していた横峰さんから、深入りするなと釘を刺されちゃァ、手が出しづらいな」

「そうなんです」

「しばらく、手先に探らせて様子を見たらどうだ。事件の様子が知れてきたら、どうするか決めればいい」

隼人は、自分の手先を殺された横峰を差し置いて、いまから天野が動くことはないだろうと思った。

「そうします」

天野は、ほっとしたような顔をした。

ふたりはきびすを返し、組屋敷のある方に歩きだした。

隼人はそれ以上事件のことは口にしなかったが、浜六が口にした、とてつもねえ事件かもしれねえ、という言葉が妙に気になっていた。

5

常吉は千住街道を北にむかって歩いていた。怒ったような顔をして、せかせかと歩いている。ちょうど浅草御蔵の前で、奥州街道や日光街道へ向かう旅人、印半纏を着た店者、米を積んだ大八車を引く人足、供連れの武士など大勢の人が行き交い、靄《もや》のような砂埃《すなぼこり》がたっていた。

そうした雑踏のなかを歩きながら、常吉は殺された浜六のことを思い、悔しくてならなかった。

……親分は、おれを助けてくれたにちげえねえ。

浜六は事件に手を出せば命が狙われるとみて、常吉に探索させなかったのだ。いまになって、常吉はそのことが分かったのである。

常吉は父親がいなかった。二十五になるが、十五のときから浜六の下っ引きとして働いてきた。下っ引きといっても、子のない浜六は実の子のように常吉の面倒を見てくれたのだ。つい半月ほど前も、おれも歳だが、おめえを養子にして、おれの跡を継いでもらうつもりでいる、とまで言ってくれたのだ。

その浜六が、無残に殺されたのである。常吉は親分の敵《かたき》を討つためにも、何としても下手人をお縄にしたかった。

その気持を横峰に話すと、

「おめえの気持も分かるがな。この事件には手を出さねえ方がいいぜ。おめえも、浜六のようには、なりたくねえだろう」

そう言って、本腰を入れて探索する様子もないのだ。

……おれは、このままにはしねえ。横峰の旦那にやる気がねえなら、おれひとりでもやる。

常吉はそう思ったのだ。

常吉は、とりあえず浜六の探索の後をたどってみようと思った。

まず洗うのは、島蔵の身投げである。常吉は浜六から、島蔵の店は浅草黒船町にある丹後屋《たんごや》という瀬戸物屋だと聞いていた。

それで、丹後屋の者から島蔵のことを訊いてみようと思い、こうして浅草まで足を運んで来たのである。

黒船町に入ると、街道にある瀬戸物屋を探した。同業者なら、丹後屋のことを知っているだろうと思ったのだ。

篠田屋《しのだや》という瀬戸物屋があった。店の主人に十手を見せて丹後屋のことを訊くと、すぐに分かったが、主人は困ったような顔をして、

「親分さん、丹後屋は店仕舞いしたと聞いてますよ」

と、小声で言った。常吉のことを親分と思ったらしい。

「それで、いつごろからだい」

常吉は、親分らしい物言いで訊いた。

主人によると、島蔵が身投げして間もなくだという。借金取りが来て、店の瀬戸物から家財道具まで金目の物はみんな持ち去ったそうである。

「なにしろ、二百両近い借金があったそうですからね」

主人は気の毒そうな顔をして言った。

「家族はどうしたい」

常吉は、家族がいれば話が訊けるだろうと思った。

「御内儀《おかみ》さんと七つになる娘さんがいると聞いてますが、もう店にはいないと思いますよ」

主人は、ふたりがどこにいるのかは、知りません、と言い添えた。

それでも、常吉は丹後屋がどこにあるのか訊いた。とにかく、店を自分の目で見て

みようと思ったのである。

丹後屋はすぐに分かった。篠田屋の主人が教えてくれたとおりに千住街道をしばらく歩き、米問屋の脇の路地を入ると、右手に表をしめたそれらしい店があったのだ。隣の酒屋で確認すると、やはり丹後屋とのことだった。

常吉は応対に出た酒屋の奉公人に死んだ島蔵のことを訊いてみたが、新しい情報は得られなかった。

「それで、御内儀さんと娘さんは、どこにいるんだい」

常吉が声をあらためて訊いた。

「花川戸町の長屋とは聞いてますが、それ以上のことは……」

分からない、と言って、奉公人は首を横に振った。

「ふたりの名は？」

「御内儀さんが、おしまさんで、娘さんはお菊《きく》さんですよ」

「邪魔したな」

常吉は、親分らしくそう言い置いて酒屋を出た。

花川戸町は浅草寺《せんそうじ》の東側の大川端沿いにひろがる町だった。黒船町から大川端を川上にむかえば、すぐである。

常吉は花川戸町へ着くと、おしまとお菊の名を出して、長屋の住人が立ち寄りそうな小体《こてい》な魚屋や八百屋などで訊いてみたが、ふたりの住む長屋は分からなかった。足を棒にして一日中歩きまわったが分からず、陽が沈むころ偶然通りかかったぼてふりに訊いて、やっとふたりの所在が分かった。

大川端近くの古い棟割り長屋だった。母娘《おやこ》は床板に筵《むしろ》を敷いただけの部屋に、身を寄せ合うようにして暮らしていた。

母親のおしまによると、わずかに残った衣類を売った金と近所の住人の縫い物などで暮らしているという。

常吉が水死した島蔵のことを訊くと、おしまはくどくどと夫の非難と愚痴《ぐち》を並べたてた。おしまにしてみれば、情婦《おんな》にうつつを抜かし、女房と娘を残して自殺した島蔵が憎くてならなかったのだろう。

ただ、おしまの話は愚痴と恨みごとばかりで、探索の役にはたちそうもなかった。

「それで、旦那の通っていた料理屋だが、なんてえ店だい」

常吉が、おしまの話を遮るように声を強くして訊いた。

「柳橋の千《ち》里屋《さとや》ですよ」

おしまは、恨みがましい目をして言った。

「それで、女はなんてえ名だ」

「お峰《みね》ですよ。ひどい女なんだから。……葬式の後、店に顔を出してね、千里屋に旦那の付けが残ってるけど、払ってくれるんでしょうね、そう言ったんですよ」

おしまは震えを帯びた声で言った。

「お峰か」

常吉は、お峰からも話を訊いてみようと思った。

それから、小半刻（三十分）ほどして、常吉は長屋を出た。浜六が口にした、とてつもねえ事件を思わせるような話は聞けなかった。

長屋から通りへ出ると、町筋は淡い暮色につつまれていた。暮れ六ツ（午後六時）を過ぎ、表店は大戸をしめていた。

常吉は人影のない通りを歩きながら、

……明日、千里屋へ行ってみよう。

と、胸の内でつぶやいた。

6

「旦那さま、旦那さま」

おたえが、横になっていた隼人のそばに来て声をかけた。

この日、めずらしく隼人は七ツ（午後四時）前に奉行所から帰り、夕餉の支度のできるまで、一眠りしようと居間で横になっていたのだ。

「どうした」

隼人は目をこすりながら身を起こした。

「利助さんと綾次さんが、来てますよ」

「どこにいる」

隼人は、何か事件が起こったことを察知した。利助と綾次が隼人の家へ顔を出すのは、めずらしくなかったが、寝ている隼人を起こすようなことは滅多になかったのである。

「縁先にいます」

おたえの顔も、いくぶんこわばっていた。おたえも、いつもの利助たちとはちがうと見たのかもしれない。

隼人はすぐに障子をあけて、縁先へ出た。利助と綾次が苛立ったような顔をしてつっ立っていた。

「旦那、殺しですぜ」

利助が、隼人の顔を見るなり声を上げた。

「でけえ声、出すな。女たちがびっくりすらァ。それで、だれが殺られたんだ」

隼人が訊いた。

殺しと言っても、喧嘩《けんか》や辻斬りの類《たぐい》なら、定廻りか隠密廻りの者にまかせておけばよかった。隠密廻りの隼人が出る幕はないのである。

「日本橋室町《むろまち》、松喜屋《まつきや》のあるじ久右衛門《ひさえもん》。それに、手代の利三郎《りさぶろう》で」

利助の声がうわずっていた。

「ほう……」

松喜屋といえば、江戸でも名の知れた呉服屋の大店である。その店の主人と手代が殺されたというのだ。

「それで、押し込みか」

大店の主人と手代が殺されたとなると、まず頭に浮かぶのは押し込み強盗である。ただ、押し込みなら、朝のうちに事件は発覚するはずで、利助たちが知らせに来るのが遅過ぎる気がした。すでに、七ッ過ぎである。

「それが、店じゃァねえんで。……辻斬りかも知れやせん」

利助は首をひねった。

「場所はどこでえ」

とにかく、現場を見てみようと思った。

「浜町堀にかかる汐見橋《しおみばし》のそばで」

「行ってみよう」

八丁堀からそれほど遠くはなかった。急げば、明るいうちに現場へ着けるだろう。

隼人は様子を見にきたおたえに、

「大事が出来《しゅったい》した、これから出かける」

と、厳《いか》めしい顔をして言った。

おたえが、夕餉の支度ができたので、明日にならないかと小声で訊くので、

「お務めである」

と、突《つ》っ撥《ぱ》ねるように言って屋敷を出た。

汐見橋にむかいながら利助が話したところによると、今日の午後、紺屋町の豆菊の常連客と通りで顔を合わせたおり、汐見橋の近くで人が殺されていると聞き、綾次を連れて行ってみたという。

すると、汐見橋から五、六間離れた浜町堀の土手にふたりの死体が横たわっていた。

そこは葦《よし》や芒《すすき》などの丈の高い雑草に覆われた場所で、その雑草のなかに死体が捨てら

れていたために発見が遅れたらしいという。

「殺られたのは、昨夜らしいんです。見つけたのは、近所に住む船頭の弥八《やはち》。浜町堀を猪牙舟《ちょき》で通りかかって死骸《おろく》を目にしたようです」

　歩きながら、利助が話した。

「そうか」

　ともかく現場を見てからだ、と隼人は思った。

　汐見橋に近い浜町堀の土手際に、大勢の人垣ができていた。多くは近所の住人らしく、女子供も交じっていた。その人垣のなかに、八丁堀同心の姿もあった、天野である。横峰の姿はなかった。

「道をあけてくれ、八丁堀の旦那だ」

　利助が声をかけると、人垣が左右に割れた。

　人垣の先に天野の姿があり、そばの叢《くさむら》のなかに岡っ引きと下っ引きが十人ほど立っていた。そうした町方の一団からすこし離れた場所に、大店の奉公人らしい男が数人集まっていた。いずれも蒼《あお》ざめた顔をしている。おそらく、急を聞いて駆け付けた松喜屋の奉公人たちであろう。

「長月さん、ここです」

天野が足元を指差しながら呼んだ。

そこにふたりの死体が横たわっているらしい。土手際を覆った若草の上に、ふたりの死体は置かれていた。葦や芒の群生した堀際の斜面から、そこまで運ばれてきたらしい。堀際の丈の高い雑草が、太い筋状に薙《な》ぎ倒されていた。

ひとりは大柄な男で、唐桟《とうざん》の羽織に子持縞の小袖姿だった。主人の久右衛門らしい。もうひとりは細縞《ほそじま》の小袖に角帯姿だった。手代の利三郎であろう。

「これは！」

隼人は大柄な男の死体を見て、思わず声を上げた。

叢のなかにあったため分からなかったが、久右衛門は首を刎られていた。しかも、喉皮を残して、見事に截断されている。

……浜六と同じ手だ！

同じ刀傷だった。となると、久右衛門は浜六と同じ下手人に斬られたことになる。

隼人はすぐに脇に横たわっている利三郎の死体に目を転じた。

長身で痩《や》せた男だった。こちらは、肩口から袈裟《けさ》に斬られていた。鎖骨と肋骨《ろっこつ》が截断され、深い傷口から白い骨が覗いている。細縞の小袖がどす黒い血に染まっていた。

まちがいなく刀傷である。しかも、剛剣だった。

ただ、利三郎を斬った下手人が、久右衛門を斬った者と同じかどうかは分からなかった。

「殺られたのは、昨夜か」

死体の硬直具合から見て、長時間経っているとみていい。それに、日中なら通りがかりの者に斬殺現場を目撃されたはずである。

「そうでしょうね」

天野が答えた。

「ふたりは、どこへ行ったのだ」

夜分、汐見橋近くで斬殺され、死体を隠すために堀際の雑草のなかへ捨てられたのであろう。

「番頭の徳蔵《とくぞう》の話だと、昨日、柳橋の料理屋へ行ったので、その帰りではないかということです」

そう言って、天野は集まっている奉公人たちに目をやった。そのなかに、徳蔵もいるらしい。

「天野、浜六殺しと同じ筋かもしれねえぜ」

隼人が小声で言った。

「わたしも、そんな気が……」

天野の顔がこわばっていた。天野も久右衛門の傷跡から、浜六殺しとつなげてみたらしい。

「久右衛門の懐を確かめたかい」

「財布はありました」

「やはり、追剝ぎや辻斬りじゃァねえようだ」

そのとき、隼人の脳裏に、浜六が、とてつもねえ事件かもしれねえ、と口にしたという言葉が現実味を帯びてよみがえった。

7

「番頭の徳蔵かい」

隼人は、天野から名を聞いた徳蔵に声をかけた。

五十がらみ、瘦身で顔の長い男だった。鷲鼻《わしばな》で、ぎょろりとした目をしている。

「はい、徳蔵でございます」

徳蔵が震えを帯びた声で言った。顔に似合わず、女のように細い声を出した。

「殺された久右衛門たちは、昨夜、柳橋の料理屋に行ったそうだな」

「は、はい」

「なんてえ店だい」

「磯之屋《いそのや》でございます」

磯之屋は江戸でも名の知れた料亭で、富商や大名の御留守居役などが利用する高級店である。

「用件は」

久右衛門が、手代とふたりで飲みに行ったとは思えなかった。

「商談でございます」

「それで、だれと会ったのだ」

「何ですか、大名の御留守居役さまと、藩邸にお出入りさせていただくための相談があったようでございます」

「どこの大名だい」

「出羽国《でわのくに》の中里藩《なかざとはん》でございます」

「中里藩な」

くわしいことは知らなかったが、三十数万石の外様《とざま》大名である。

「中里藩と、何か揉め事はなかったのか」

隼人は中里藩の家臣が久右衛門たちを斬ったとは思わなかったが、下手人は武士らしいので、念のために訊いてみた。

「ございません」

徳蔵は声を強くして言い、かたわらに立っていた手代らしい男を振り返った。すると、手代らしい男も、揉め事などございません、ときっぱりとした口調で言った。

「それで、店や久右衛門が恨まれるようなことはなかったのか」

隼人が訊いた。

「思い当たるようなことはございませんが……」

「店の客との諍《いさか》い、商売敵、久右衛門の交遊関係……。何かあるはずだがな」

追剝ぎや辻斬りでないとすると、恨みによる可能性が高いとみたのである。

「あるじは穏やかな人柄で、他人に恨みを買うようなことはございませんでした」

徳蔵は急に涙ぐんだ顔になった。胸に衝《つ》き上げてくるものがあったらしい。

「だがな、松喜屋ほどの大店を構えていれば、何か揉め事はあったろう」

隼人はなおも訊いた。

下手人は盗賊や辻斬りではなく、久右衛門の命を狙ったのである。

「そ、それは、商いの上でのことなら多少は……。ですが、同じ商売の店が競い合うのは当然のことで、揉め事と言えるようなことではございません。それに、商人同士でございます。刃物を持って斬りつけるようなことは、考えられません」

徳蔵が断言するように言った。

「うむ……」

同じ呉服屋と何か揉め事があったらしいが、主人の殺しにつながるような大袈裟なものでもないらしい。それに、久右衛門と利三郎を斬ったのは武士である。商人が直接手を出したとは思えなかった。

「ところで、浜六を知っているか」

隼人は話題を変えた。

「浜六さん、何をしている方です」

徳蔵は首をひねった。

「佐久間町に住む岡っ引きだ」

「親分さんですか。……存じませんが」

そう言って、徳蔵はまたかたわらの手代に目をやった。手代も、知らないというふうに首を横に振った。

ふたりが隠している様子はなかった。浜六のことは知らないようである。隼人は久右衛門、利三郎殺しと浜六殺しがどうつながっているのか、まったく読めなかった。

隼人がいっとき黙考していると、

「あるじと手代を引き取っても、よろしいでしょうか」

徳蔵が小声で訊いた。

松喜屋の奉公人が大勢来ているのは、ふたりの死体を引き取るためでもあるのだろう。

「天野に訊いてみてくれ」

そう言って、隼人はその場を離れた。天野の検屍は終わっているようだったが、判断は天野に任せようと思ったのである。

人垣の外に出ると、利助と綾次がそばに身を寄せてきた。

「旦那、あっしらはどう動きやすか」

利助が目をひからせて訊いた。

「そうだな」

これだけの事件なら、奉行から探索を指示される可能性が高い。早く動いた方が、後手を引かずに済むだろう。

「まず、身投げした島蔵、それに平造も洗ってみろ」

隼人は浜六殺しから洗うのが筋だろうと思った。

「承知しやした」

利助が答えると、脇にいた綾次もうなずいた。

「だが、油断するんじゃァねえぞ」

隼人は、横峰が天野に、深入りするなと釘を刺したことを思い出した。事件の筋がまったく見えていなかったが、下手人が人殺しなど何とも思っていない凶悪な男であることはまちがいないのだ。

「へい、明日からさっそく、島蔵と平造の身辺を洗ってみやす」

そう言い残して、利助は綾次を連れてその場から去っていった。今日のところは、紺屋町に帰るらしい。

すでに、辺りは暮色に染まっていた。天野が徳蔵に久右衛門と利三郎の死体を引き取ることを許したらしく、奉公人たちが用意していた大八車にふたりの死体を乗せていた。

隼人は天野に歩を寄せて、

「明日、番所でくわしい話を聞こう」

と言い置き、その場を離れた。

8

翌日、隼人は南町奉行所内の同心詰所で天野と顔を合わせると、他の同心が巡視に出かけるのを待ってから話しだした。当然、定廻りや臨時廻りの同心は、松喜屋の主人と手代が殺されたことを知っていて探索にも手を出すはずだが、隼人の場合はまだおおっぴらに動けなかったのである。

「浜六殺しと久右衛門殺しが、どうつながるか、そのあたりが下手人をつきとめる鍵かもしれねえぜ」

隼人が声を低くして言った。

「わたしもそう見てます」

「おれの手先が、身投げした島蔵と平造を洗っている。おめえは、松喜屋を洗ってくれ」

「分かりました」

天野は強いひびきのある声で言った。いくぶん顔が紅潮している。天野も、大きな事件だと自覚しているようだ。

「用心しろよ。下手人は、町方だろうと遠慮しねえようだぜ」

「気をつけます」

天野は顔をひきしめて言った。

それから、ふたりで小半刻（三十分）ほど話したとき、同心詰所に中山次左衛門《なかやまじざえもん》が入ってきた。

中山は南町奉行、筒井紀伊守政憲《つついきいのかみまさのり》の家士である。隼人との連絡には、中山が当たることが多かった。すでに還暦を過ぎていて、鬢《びん》や髷は真っ白だったが、矍鑠《かくしゃく》として古武士のような風貌《ふうぼう》がある。

「長月どの、お奉行がお呼びでござる」

中山は、いつものように慇懃《いんぎん》な口調で言った。

「いまで、ござるか」

奉行は登城しているはずだった。すでに、朝四ツ（午前十時）は過ぎている。

今月は南町の月番だったので、奉行は朝四ツに登城し、下城は八ツ（午後二時）以降ということになっている。

「お奉行は、下城後ただちに長月どのにお会いなさるようだ。八ツには、役宅に来て待っているように、との仰《おお》せでござった」

中山が当然のことのように言った。

「承知しました」

隼人は用件を訊かなかった。おそらく、久右衛門と利三郎殺しのことだろうと推測したからである。

中山が同心詰所を出ると、天野が、

「わたしは、見まわりに行ってきますよ」

と言って、腰を上げた。

「おれも、行こう」

八ツまでには、まだ間があった。とりあえず、日本橋室町へ行って松喜屋の様子を見てこようと思ったのである。

隼人は南町奉行所を出てから数寄屋橋御門の前で、天野と別れた。外堀沿いを歩き、呉服橋の前を右手にまがって日本橋へ出た。

日本橋通りは、大変な賑わいを見せていた。通り沿いには大店が軒を連ね、様々な身分の老若男女が行き交っている。

松喜屋は室町二丁目にあった。間口のひろい、土蔵造りの大きな店舗である。ただ、今日は大戸の半分ほどがしめられていた。あけられた片側の大戸から、羽織袴姿の商人ふうの男がこわばった顔で出入りしていた。葬儀の準備でもしているらしい。

……今日のところは遠慮するか。

隼人は店の前を通り過ぎた。

半町ほど歩いたところに、薬種問屋があったので、立ち寄った。松喜屋のことを訊いてみようと思ったのである。

「これは、これは、八丁堀の旦那、何かご用でございましょうか」

番頭らしい男が、揉み手をしながら近付いてきた。

隼人は黄八丈の着物を着流し、巻き羽織という格好で来ていたので、一目で八丁堀同心と知れるのだ。

「松喜屋のことで、訊きたいことがあってな」

隼人はすぐに切り出した。すでに、近所でも松喜屋の主人と手代が殺された噂は流れているはずだし、八丁堀の同心が聞き込みに来ても不審は抱《いだ》かないだろう。

男は番頭の蓑造《みのぞう》と名乗った後、

「松喜屋さんも、とんだ災難でございました」

と、顔を曇らせて言った。

「あるじの久右衛門と手代の利三郎だがな。だれかに恨まれていたような噂を、耳にしたことはないか」

隼人が訊くと、

「そのようなことはございません。久右衛門さんは人徳のある方でございまして、あれだけの大店の主人でありながら驕《おご》るようなことはまったくなく、近所でも好かれておりました」

と、眉宇を寄せて言った。

死人を悪く言いたくない気持もあるのだろうが、久右衛門は他人から恨みを買うような男ではなかったらしい。

「商売上の諍いはどうだ」

本人は他人から好かれる善人であっても、店に対して強い恨みを抱いている者がいるかもしれない。

「あれだけの大店ですし、ちかごろ特に繁盛しているようですから同じ呉服屋のなかには、おもしろく思っていない者もいるでしょうね」

蓑造が声をひそめて言った。

「商売敵か。それで、松喜屋と競い合っている店は？」

隼人は、それらしい話を番頭の徳蔵からも聞いていた。

「大黒屋《だいこくや》さんでしょうか」

蓑造によると、大黒屋は室町三丁目にある呉服屋の大店だという。数年前まで、大黒屋は室町を代表する呉服屋で、客層も富裕な旗本や商家が多く、繁盛していたそうである。

ところが、ここ三、四年の間に、大黒屋の客の多くが松喜屋に流れ、大黒屋の商いはふるわず、左前だという噂さえ流れているという。

「客が松喜屋に流れたのは、どういうわけだい」

隼人が訊いた。

「松喜屋さんで、呉服に柄のいい端切《はぎ》れを付けて売る商いを始め、それが当たったのでございます。それに、松喜屋さんの奉公人はできてましてね。どんな客に対しても腰が低く、客当たりがいいんです」

蓑造が目を細めて言った。

端切れは反物《たんもの》を裁ったときの半端の布で、継ぎ当てにしたり、紙入れや人形に着せたり、用途は様々だという。

蓑造によれば、同じ値段なら端切れの付く松喜屋で呉服を買うだろうし、その上奉公人の客当たりがいいとなれば、客は松喜屋に流れて当然だろうという。

「まァ、そうだろうな」

隼人にも、松喜屋が繁盛している理由は分かった。ただ、久右衛門と利三郎を殺したのは腕のいい武士である。大黒屋のような商人が、そのような武士とつながっているとも思えなかった。

隼人は薬種問屋を出ると、日本橋通りを数寄屋橋御門の方へ引き返した。そろそろ奉行所に帰らないと、八ツに間に合わなくなるのだ。

奉行の役宅は奉行所の裏手にあった。隼人が裏手にまわると、役宅の前で中山が待っていた。

「長月どの、お奉行はお帰りですぞ」

と、ほっとしたような顔をして言った。隼人が、遅れるのを心配して待っていたらしい。

中山は、隼人を役宅の坪庭の見える座敷に案内した。隼人が筒井と会うときに、いつも使われる座敷である。

座していっとき待つと、廊下を歩く足音がし、筒井が姿を見せた。紺地に霰小紋《あられこもん》の小袖を着流し、紺足袋《こんたび》というくつろいだ格好だった。下城後、裃《かみしも》を着替えたのであろう。

隼人が時宜の挨拶《あいさつ》を述べようとして頭を下げると、

「挨拶は、よいぞ」

そう制して、筒井は隼人と対座した。

筒井は口元におだやかな笑みを浮かべていたが、隼人を見つめた目には能吏《のうり》らしいするどさがあった。

「昨夜、松喜屋のあるじと手代が何者かに殺されたそうだが、存じておるか」

筒井は、まわりくどい言い方をせず、すぐに切り出した。

「承知しております」

「ならば、話は早い。坂東《ばんどう》から事件のあらましを聞いたが、定廻りと臨時廻りの者だけに任せておけぬと思ってな」

坂東繁太郎《しげたろう》は、奉行の内与力である。

内与力は、奉行が家士のなかから任命する奉行の私設秘書のような役である。

「何か、ご懸念《けねん》がございますか」

隼人は、筒井が定廻りと臨時廻りの者だけには任せておけないと判断した理由が知りたかった。

「松喜屋が江戸でも名の知れた大店であることもあるが、わしが懸念しておるのは、あるじと手代を斬った下手人が武士らしいということなのだ。……そうだな、長月」

筒井が念を押すように訊いた。

「いかさま」

「しかも、見事に首を刎ているそうではないか。ふたりを斬った下手人は、剣の手練《てだれ》とみていいのではないのか」

筒井は浜六のことは口にしなかった。あるいは、まだ筒井の耳に入っていないのかもしれない。

「…………」

「それで、そちに探索を頼む気になったのだ」

隼人は直心影流の達人である。筒井もそのことを知っていて、下手人が剣の遣い手であると分かると、隼人に探索を命ずることが多かったのだ。

「承知しました」

「長月、手にあまらば、斬ってもかまわぬぞ」

筒井が隼人を見すえて言った。

町方同心は下手人を生け捕りにするのが任務だが、捕縛の際に下手人が抵抗したり、同心が身の危険を感じたときなどは、手にあまった、と称して、斬ることもあった。

筒井は、下手人が剣の遣い手であることを考慮し、隼人に状況によって斬ってもよいと言ったのである。

「心して、探索にあたります」

そう言って、隼人は深く低頭した。

第二章　見えない下手人

1

　その日、陽が西の空にまわってから、隼人は神田紺屋町に足を運んだ。利助と綾次に会い、探索の様子を訊いてみようと思ったのだ。それに、八吉《やきち》にも久し振りで会いたかった。

　八吉は隼人の父親の代からの岡っ引きで、細引の先に熊手のような鉤《かぎ》を付けた捕具《とりぐ》を遣うことから「鉤縄《かぎなわ》の八吉」と呼ばれていた。腕利きの岡っ引きで、八丁堀同心の間でも一目置かれていた男だった。

　ところが、二年ほど前、歳を取ったことを理由に隠居し、隼人からもらっていた手札を利助に引き継いだのである。

　町方の仕事から足を洗った八吉は、それまで女房のおとよにやらせていた豆菊を手伝うようになり、ちかごろは小料理屋の包丁人がすっかり板に付いてきていた。

利助と綾次は、豆菊に住んでいた。子供のいない八吉夫婦は、利助に岡っ引きを継がせるとともに養子に迎えたのである。

綾次も同じような境遇だった。夜盗に肉親を斬殺されて独り身になった綾次を、八吉は不憫《ふびん》に思い、利助と同じように豆菊に引き取って店を手伝わせながら下っ引きをやらせていたのだ。

この日、隼人は粗末な羽織袴姿をしていた。軽格の御家人ふうの格好である。八丁堀の格好では、豆菊の客が気を使うだろうと思ったのである。

「ごめんよ」

隼人は豆菊の暖簾《のれん》を分けて店に入った。追い込みの座敷に数人の客がいたが、隼人の姿を見てちいさく頭を下げただけである。八丁堀の同心とは思わなかったらしい。

「いらっしゃい、旦那」

店先にいたおとよが、隼人の姿を目にして声をかけた。

おとよは四十がらみ、色が浅黒くでっぷりと太っていた。若いときは美人だったというが、いまはお世辞にも美人とはいえない。それでも、満面に笑みを浮かべて隼人をむかえた。

「八吉はいるかな」

「すぐ呼んできますから、上がってくださいな」

そう言い残し、およよは大きな尻をふりふり板場へ入った。

隼人が追い込みの座敷の框《かまち》に腰を下ろすと、すぐに板場から八吉が姿を見せた。

「旦那、お久し振りで」

八吉が嬉《うれ》しそうに目を細めた。

八吉は、還暦を過ぎているはずである。小柄で猪首《いくび》。目のぎょろりとした睨みの利く顔をしているが、ちかごろは鬢も髷も白くなり、目を細めて笑った顔などは、人のよさそうな好々爺《こうこうや》である。

「利助と綾次は」

隼人が訊いた。

「ふたりとも出ていやす。旦那に頼まれた件で、朝から飛びまわっていまさァ」

「もどっているころかと思い、来てみたのだがな」

そう言って、隼人は戸口の方に目をやった。そろそろ暮れ六ツ（午後六時）で、戸口の隅に夕闇が忍び寄っている。

「じきにもどってきやすよ。それまで、一杯《いっぺえ》やっててくだせえ」

八吉は、奥があいていやすから、と言って、隼人を追い込みの座敷の奥にある小座敷へ連れていった。常連客用の座敷である。

隼人が座敷に腰を落ち着け、いっときして八吉とおとよが酒肴《しゅこう》の膳《ぜん》を運んでくると、

「八吉、一杯、付き合ってくれ」

隼人が銚子《ちょうし》を取った。八吉とも話したかったのである。

「ヘッヘヘ……。それじゃァ一杯だけ」

八吉は糸のように目を細めて、隼人の前に膝を折った。八吉も隼人と飲むのは嬉しいらしい。

ふたりで酌み交わした後、

「松喜屋の件は聞いているか」

隼人が切り出した。

「へい、利助から聞いておりやす」

八吉の顔から笑みが消えた。腕利きの岡っ引きらしい剽悍《ひょうかん》そうな顔をしている。

「浜六と松喜屋のふたりは、同じ下手人に殺られたようだ」

「首を刎られていたそうで」

「下手人は腕のいい武士だな。八吉、何か心当たりはないか」

隼人は、長年岡っ引きとして働いてきた八吉なら、何か思い当たることがあるかも

しれないと思ったのである。

「腕のいい武士というだけじゃァ分からねえ」

八吉は首をかしげた。

「そうだな」

まだ、牢人なのか、主持《しゅうも》ちの武士なのかも分かっていないのだ。腕のいい武士というだけでは雲をつかむような話だろう。

「殺された浜六や松喜屋のふたりを洗えば、何か見えてきやすよ」

八吉がそう言ったとき、店先の方で利助の声が聞こえた。帰ってきたらしい。

「ここに呼びやしょう」

そう言って、八吉が立ち上がった。

八吉が座敷から出ると、入れ替わるように利助と綾次が入ってきた。ふたりの顔が陽に灼《や》けて、赭黒《あかぐろ》く染まっていた。だいぶ歩きまわったと見え、顔には疲労の色があった。

隼人の前に膝を折ったふたりに、

「ご苦労だったな。まァ、一杯飲め」

隼人が銚子を取った。

「ごちになりやす」

まず、利助が猪口《ちょこ》の酒を飲み干し、綾次に猪口をまわした。

猪口で一杯飲んだだけで、ふたりの顔はさらに赤くなり熟柿《じゅくし》のようになった。あまり酒に強くないらしい。それに、まだ酔うほどに飲んだ経験もないのだろう。

「それで、何か分かったか」

隼人が声をあらためて訊いた。

「身投げした島蔵と平造ですがね、そっくりなんでさァ」

「何が似ているのだ」

「ふたりとも、借金で首がまわらなくなって、大川に身を投げやした」

「そのことは知っている」

「ふたりの身代《しんだい》も同じようだし、女に騙《だま》されたこともよく似てやしてね」

そう言って、利助がこれまで調べたことを話しだした。綾次は利助の脇に座り、利助の話を黙って聞いている。

利助が話した島蔵と平造が身投げするまでの経緯《いきさつ》をまとめると次のようになる。

ふたりとも奉公人を二、三人置いた店の主人であること、柳橋の料理屋の女中とねんごろになり、商売がおろそかになって借金がかさんだこと、借金取りに追われて大川に身を投げたこと、その後、借金の形《かた》に店を取られたことなどである。

「それで、柳橋の料理屋も同じ店なのか」

隼人が訊いた。

「店はちがいやす。島蔵は千里屋で、平造は万田屋《まんだや》でしてね」

利助によると、千里屋と万田屋は柳橋にあり、二町ほどしか離れていないという。

「すると、女も別人だな」

「へい、島蔵の女は千里屋のお峰《みね》、平造は万田屋のおせんで」

「ふたりに金を貸した男は？」

「それが、同じやつらしいんで」

「同じか。それで、そいつの名は？」

「平造の女房に証文を見せてもらいやしてね。それには、尾崎屋半十郎《おざきやはんじゅうろう》と記してありやした」

「尾崎屋半十郎……。覚えのない名だが」

「あっしらも探ってみやしたが、店もそいつの塒《ねぐら》も分からねえんで」

利助によると、島蔵と平造の残された家族、それに千里屋と万田屋の者にも訊いてみたが、分からなかったという。

「八吉に訊いてみたか」

隼人は、八吉なら分かるかも知れないと思ったのである。

「それが、親分も知らねえと言ってやした」

「うむ……」

どうやら、尾崎屋半十郎なる者が事件の鍵を握っていそうだ。

……だが、偽名かも知れぬ。

と、隼人は思った。偽名を遣って身を隠しているとすれば、簡単に尾崎屋半十郎の正体はつかめないだろう。

隼人が黙考していると、利助が身を乗り出すようにして、

「それに、島蔵と平造を洗っているのは、あっしらだけじゃァねえんで」

利助が身を乗り出すようにして言った。

「ほう、そいつはだれだい」

「浜六親分の手先の常吉で」

「常吉か」

浜六が殺されていた現場で、横峰に事情を訊かれていた二十歳前後の男である。

そのとき、黙ってふたりのやり取りを聞いていた綾次が、

「常吉さん、親分の敵が討ちてえと言ってやした」

と、声を強くして言った。

綾次も盗賊に親を殺され、やっとのことで敵を討ったので、常吉の気持が分かるのかもしれない。

「今度会ったらな。油断しねえように言っておけ」

隼人は、常吉がひとりで探索し、下手人に迫るようなことになると、浜六と同じように消される恐れがあると思ったのである。

2

隼人は、長屋の路地木戸から出てくる若い男を目にとめた。思いつめたような顔をしてせかせかと歩いてくる。常吉である。

隼人は利助から常吉が日本橋堀江町の長屋に住んでいると聞き、話を訊いてみようと思い、足を運んできたのである。もっとも、堀江町は八丁堀から近かったので、柳橋に行く途中に立ち寄っただけなのだ。

「常吉、待ちな」

隼人が声をかけた。

「お、鬼の旦那、い、いや、長月さま、何か」

常吉が驚いたような顔をして、声をつまらせた。

隼人は、江戸市中の盗人《ぬすっと》、地まわり、無宿者などから、鬼隼人、八丁堀の鬼などと呼ばれて恐れられていた。直心影流の遣い手で、抵抗する下手人には情け容赦なく剛剣をふるって斬殺したからである。

そうしたこともあって、岡っ引きや下っ引きのなかにも、鬼の旦那とか八丁堀の鬼などと呼ぶ者がいたのである。

「おめえに訊きたいことがあってな。歩きながら話そうじゃァねえか」

そう言って、隼人が路地を歩きだした。常吉は戸惑うような顔をしたが、隼人に跟《つ》いてきた。

「おめえ、身投げした島蔵と平造を洗い直してるそうだな」

「へい」

「横峰さんの指図《さしず》かい」

殺された浜六は横峰から手札をもらっていたので、浜六の手先である常吉も横峰の指図で動くはずである。

「それが、横峰の旦那から今度の事件《やま》には手を出すなと言われてやして……」

常吉が悔しそうに顔をしかめて言った。

「どうしてだい」

「あっしには、分からねえ。横峰の旦那は、浜六のようになりたくなかったら、おとなしくしてろ、と言うだけなんで」

「うむ……」

隼人は、横峰が天野にも同じようなことを言ったのを思い出した。

……横峰さんは、下手人について何か知っているのかもしれねえ。

と、隼人は思った。横峰は下手人の兇刃《きょうじん》を恐れているだけではないようなのだ。

「あっしは、親分の敵が討ちてえんで」

常吉が隼人に顔をむけ、思いつめたような顔をして言った。

「おめえの気持は分かるが、油断しねえことだな」

「へい」

「それで、何かつかめたかい」

「親分が探っていた筋をたどるのが早《はえ》えと思いやして、身投げした島蔵と平造を洗い直していやす」

そう言って、常吉がこれまで探ったことをかいつまんで話した。ほとんど、利助が話したことと変わらなかったが、金貸しの尾崎屋半十郎については、常吉の方がくわしかった。

「半十郎は、柳橋の千里屋と万田屋の客のようでしてね。島蔵と平造は入れ込んでいた女中に紹介されて、半十郎から金を借りたようです」

ただ、常吉にも半十郎の塒や正体は分からないという。

「島蔵たちを誑《たら》し込んでいたお峰とおせんに、会ったのかい」

「会って話を聞きやした」

「半十郎は、どんな男だと言ってた」

「四十がらみで、押し出しのいい大店のあるじらしい男だったと言ってやしたが、お峰もおせんも、半十郎の店がどこにあるかも知らねえんです」

常吉が渋い顔をした。

「半十郎が、事件にかかわってるかもしれねえなァ」

「あっしもそう思いやして、このところ千里屋と万田屋に目を配ってるんでさァ」

常吉は、半十郎が店に姿をあらわしたら尾けてみるつもりだと言い添えた。

「おめえ、柳橋に行くところだったのか」

隼人が訊いた。

「そのつもりで」

「なら、いっしょに行こう。おれも千里屋と万田屋を見ておこうと思ってな」

そう言って、隼人は足を速めた。

千里屋は柳橋の大川沿いの賑やかな通りの一角にあった。店先には飛び石があり、戸口の脇には植え込みと籬《まがき》があった。いかにも老舗《しにせ》の料理屋を思わせる造りである。

まだ、八ッ半（午後三時）ごろだが、客がいるらしく、二階の座敷から嬌声《きょうせい》や男の哄笑《こうしょう》などが聞こえてきた。

「万田屋は近いそうだな」

隼人は、利助から千里屋と万田屋は二町ほどしか離れていないと聞いていた。

「へい、行ってみやすか」

「案内してくれ」

「こちらで」

ふたりは料理屋、料理茶屋、船宿などのつづく大川沿いの道を両国方面に歩いた。

常吉は路傍に足をとめて斜向《はすむ》かいの店を指差した。

「あの店で」

万田屋は千里屋よりも造りはちいさかったが、似たような店だった。やはり、格子戸の前には飛び石があり、脇には植え込みと籬があった。

隼人は店の造りが似ているので、通りかかった初老の船頭らしい男を呼びとめて訊いてみると、

「万田屋は、千里屋のあるじの弟がやってやしてね。店の名はちがうが、万田屋は千里屋に暖簾分けしてもらったような店なんで」

と、答えた。

どうやら、千里屋と万田屋の結び付きは強いようだ。両店の主人だけでなく、女中や包丁人の交流もあっただろう。千里屋と万田屋の客だった島蔵と平造が、同じ金貸しの半十郎から借りたのも偶然ではないかもしれない。

「ところで、千里屋と万田屋のあるじはなんてえ名だい」

船頭が去ってから、隼人が常吉に訊いた。

「千里屋が仙五郎《せんごろう》で、万田屋が富蔵《とみぞう》でさァ」

「そうか」

隼人は、利助たちに仙五郎と富蔵も洗わせてみようと思った。

3

「横峰さん、いいかな」

隼人は、同心詰所で茶を飲んでいる横峰を目にして近付いた。

横峰は面長で肌の浅黒い顔をしていた。切れ長の細い目とうすい唇が、酷薄な印象を与える。

「おれに、何か用かい」

横峰は湯飲みを手にしたまま仏頂面《ぶっちょうづら》をして訊いた。

「今度の事件《やま》だが、横峰さんから訊くのが早いと思ってな」

そう言って、隼人は横峰の前に膝を折った。横峰は隼人より年上だが、お互い南町奉行所の同心を長くやっているので、同僚のような口をきいた。

「いよいよ鬼の旦那が、乗り出したってわけかい」

横峰は口元にうす笑いを浮かべた。

「お奉行の指図でな」

「それで、何を訊きてえ？」

「浜六殺しの下手人だが、横峰さんは見当がついてるんじゃァないかと思ってね」

「いや、まったく分からねえ」

横峰は表情も変えずに、首を横に振った。

「手先に、今度の事件には深入りするなと言ったようだが、何か知ってるんじゃァないのか」

隼人は、天野の名は出さなかった。

「知ってるのは、今度の事件に深入りしねえ方がいいってことだけさ。命が惜しかったらな」

横峰の声に重いひびきがくわわった。口元の笑いが消えている。

「何かつかんでいるから、そう言ってるんじゃァないのか」

隼人は食い下がった。

「何もつかんじゃァいねえ。おれの勘さ。……おめえも、浜六の死骸《おろく》を見たろう。ありゃァ、浜六を始末しただけじゃねえ。おれたち八丁堀に、下手に手を出せば命はねえと警告してるのさ」

「そうかもしれねえ」

隼人も浜六の無残な死体を見たとき、町方を恫喝《どうかつ》する狙いがあるのかもしれないと思ったが、同時にこれは町方に対する挑戦だとも思った。それに、こんなことでひっ込んでいたら、八丁堀の同心は務まらないのである。

「長月、無理をするこたァねえぜ。町人の前でいくら威張ったって、おれたち同心は三十俵二人扶持《ににんぶち》の御抱席《おかかえせき》だ。命を張ることなんざ、ねえやな」

横峰はそう言って、また口元にうす笑いを浮かべた。

「ちげえねえ。……だがな、浜六はもっとすくねえ手当で、命を張って探っていたんだぜ」

そう言って、隼人は腰を上げた。これ以上、横峰と話しても、埒《らち》が明かないと思ったのである。

「せいぜい、油断しねえことだな」

横峰が、隼人の背に揶揄《やゆ》するような声で言った。

同心詰所を出た隼人は、その足で奉行所の門を後にした。横峰など当てにせず、自分の手で下手人をつきとめるより仕方がないと思った。

隼人のむかった先は日本橋室町である。松喜屋に行き、殺された久右衛門と利三郎のことをもうすこし探ってみようと思ったのである。

松喜屋は店をひらいていた。初七日も終え、営業を再開したようである。暖簾をくぐると、土間の先にひろい売り場があり、何人かの手代や丁稚《でっち》が客と話したり、反物を運んだりしていた。

ただ、話に聞いていたより客はすくなかった。中間《ちゅうげん》を連れた武士、娘連れの商家の御内儀、武家の御新造などが何人かいるだけだった。それに、店内には沈滞した雰囲気がただよい、呉服屋らしい華やかな感じがしなかった。やはり、主人と手代が殺されたことが店を暗くしているのかもしれない。

奥の帳場に座っていた番頭の徳蔵が、隼人の姿を目にして慌てて近寄ってきた。

「長月さま、そのせつは、お手数をかけまして……」

徳蔵は、愛想笑いと困惑をごっちゃにしたような顔をして言った。

「ちと、訊きてえことがあってな」

隼人は店内に視線をまわした。店先に座り込んでいては、商売の邪魔になるだろうと思ったのである。

「ともかく、お上がりになってください」

そう言って、徳蔵は帳場の奥の座敷に隼人を案内した。

来客との商談に使われる座敷らしく、莨盆《たばこぼん》と座布団があるだけで家財道具などは何もなかった。

徳蔵は女中に茶を淹《い》れるように言いつけてから、隼人の脇に膝を折った。

「どうだい、商売は?」

隼人が訊いた。

「それが、あまりかんばしくございません」

徳蔵の顔が曇った。

「どういうわけだい」

隼人の目にも、繁盛しているようには見えなかった。

「やはり、あるじと手代があのようなことになりましたもので、お客さまも遠慮なされているのかもしれません」

徳蔵は言いづらそうに顔をしかめた。

「なに、いっときのことだろうよ。それで、松喜屋の身代はだれが継いだのだ」

「いまは御内儀《おかみ》さんですが、すぐに倅《せがれ》の新次郎《しんじろう》さんがもどられて店を継ぐことになっております」

徳蔵によると、久右衛門の家族は御内儀のお梅《うめ》と倅の新次郎だけだという。

新次郎はまだ二十歳になったばかりで、主人の久右衛門が、若いうちに他人の釜《かま》の飯《めし》を食った方が本人のためになると言って、修業のために京橋の呉服屋へ奉公に出されているそうである。

徳蔵の話から判断して、身内内の確執や松喜屋の身代にかかわる揉め事もなさそうだった。となると、身内による殺害は考えづらくなる。

「ところで、その後、何か変わったことはねえかい」

隼人は、下手人から店に何か働きかけがあったのではないかと思ったのだ。

「特に、変わったことはございませんが」

徳蔵は不安そうな顔をして言った。まだ、店に何か凶事が起こるとでも思ったのであろうか。

それから、隼人はあらためて久右衛門と利三郎、それに松喜屋に恨みを持っている者はいないか質《ただ》したが、徳蔵は首を横に振るばかりだった。

隼人は徳蔵と半刻（一時間）ほど話しただけで、松喜屋を出た。収穫はなかった。このまま帰るのは惜しいと思い、以前話を訊いた薬種問屋に立ち寄ってみた。

帳場にいた番頭の蓑造がすぐに近寄ってきて、

「八丁堀の旦那、松喜屋さんの件をお調べですか」

と、愛想笑いを浮かべながら訊いた。

「そうだ」

「まだ、下手人が分からないようですが、辻斬りでしょうかね」

蓑造が、上目遣いに隼人を見ながら訊いた。この男、詮索《せんさく》好きで、おしゃべりのようである。聞き込みの相手としては都合がいい。

「どうかな。……ところで、松喜屋を覗いてきたのだが、ふだんより客がすくないようだが、何かあったのか」

「そうなんですよ。実は旦那、妙な噂がたちましてね」

蓑造が身を寄せてきた。

「どんな噂だ」

「松喜屋の旦那と手代が殺されたのは、阿漕《あこぎ》な商いをしてた罰《ばち》があたったのだと言う者がおりましてね」

「阿漕な商いというと」

隼人が小声で訊いた。

「松喜屋では、素人目《しろうとめ》には分からないような傷物や汚れ物の反物を安く仕入れ、綺麗《きれい》な端切れを付けて目先をごまかして売っているというんです」

「ほう」

どうやら、松喜屋の客がすくなかった理由は、主人と手代が殺されただけではなかったようだ。

「そうした噂が立ちますと、お客さまの足は遠退《とおの》きますからね」

「うむ……」

「それに、松喜屋さんは、あるじの久右衛門さんがあそこまで店をもり立てたものでしてね。その久右衛門さんが亡くなったことで、奉公人たちも商いに身が入らないのとちがいますか」

「たがが外れたということか」

「まァ、そうです」

「それで、客筋は？」

「わたしは大黒屋さんにもどると見てるんですよ。商いなんて、そんなものです」

蓑造がしたり顔で言った。

4

まだ、暮れ六ツ（午後六時）までには間があったが、曇天のせいか、辺りは夕暮れ時のように暗かった。大川の鉛色の川面が渺茫《びょうぼう》とひろがっている。風があり、川面に無数の白い波頭が立っていた。

荒天のせいか、ふだんは猪牙舟や箱船などが行き来している川面に船影はなく、風音と汀に寄せる川波の音だけが聞こえてくる。

隼人は大川端を歩いていた。柳橋に行き、千里屋と万田屋の近所をまわり、聞き込みをした帰りだった。

隼人は腰に愛刀の兼定を差し、ひとり飄然《ひょうぜん》と歩いていた。

大川端にはぽつぽつと人影があったが、女子供の姿はなく、ぼてふりや菅笠《すげがさ》をかぶった行商人などが、強い川風から身を守るように背を丸めて足早に通り過ぎていく。

薬研堀を過ぎると、左手につづいていた町家はとぎれ、大名の下屋敷や大身の旗本の屋敷がつづくようになった。

前方に大川にかかる新大橋が見えてきた。

……浜六が殺られたのは、この先だったな。

そう思ったとき、隼人は背後から迫ってくる足音に気付いた。

ふたりいた。ひとりは町人体の男だった。黒の半纏に紺の股引、手ぬぐいで頬っかむりして足早に歩いてくる。痩身ですこし猫背だった。半纏の裾が強風にあおられてひろがり、黒鳥の翼のように見えた。

もうひとりは武士である。牢人であろう。羊羹色の小袖に、よれよれの袴。黒鞘の大刀を一本だけ落とし差しにしていた。牢人は深編み笠をかぶっていた。風に飛ばされないよう、右手で押さえながらすこし前屈《まえかが》みの格好で歩いてくる。

……おれを尾けているのか。

隼人は、ただの通行人ではないような気がした。

ふたりは、隼人と十間ほどの距離を取ったまま歩いてくる。

隼人はすこし足を速めてみた。半町ほど行ってから振り返って確かめると、背後のふたりとの距離は変わらなかった。

隼人は足をとめた。襲う気なら相手になってやろうと思ったのである。背後のふたりの足音が迫ってきた。間をつめてきたらしい。

隼人はきびすを返した。ふたりはすぐに足をとめず、四間ほどの距離まで来て立ちどまった。

隼人は、ふたりが真っ当な男ではないことを察知した。その身辺に、闇の世界で生きている者特有の陰湿で酷薄な雰囲気がただよっている。

「おれに何か用か」

隼人が訊いた。

「用があるから、追ってきやした」

町人体の男がくぐもった声で言った。男は顔を隠すように俯《うつむ》きかげんになっていた。

頰っかむりした手ぬぐいの間から底びかりのする目が隼人を見つめている。歳は三十前後であろうか。面長で肌の浅黒い男であることは分かったが、人相までは分からなかった。

深編み笠の牢人は、町人体の男の後ろに立っていた。中背で、胸が厚く腰がどっしりしていた。武芸で鍛えた体であることは見てとれた。ただ、男の身辺には殺気がなかった。ここで襲う気はないようである。

「おめえの名は」

隼人が町人体の男に訊いた。

「名は勘弁してくだせえ」

町人体の男が低い声で言った。

「後ろの男も名乗れねえのか」

「おれに名はない」

牢人が言った。甲高いひびきのある声である。

「名無しか。それで、おれに何の用だ」

「今度の事件から手を引いてくだせえ」

町人体の男の声は静かだったが、恫喝するようなひびきがあった。

「おれが、八丁堀の鬼と呼ばれてることを知っての上で、言ってるのかい」

「へい」

「おもしれえ。それで、断ったら」

隼人は左手を兼定の鍔元《つばもと》へ添えた。

すると、町人体の男の後ろにいた牢人が脇へ出て、隼人と対峙《たいじ》するように立った。

「旦那も、浜六のようにはなりたくねえでしょう。つまらねえ意地は張らねえことだ」

町人体の男の口元に白い歯が見えた。笑ったようである。

「おれは浜六とはちがうよ。ここで、試してもらってもいいぜ」

そう言って、隼人は兼定の鯉口《こいぐち》を切った。

同じように牢人も、鯉口を切り、右手を刀の柄に添えた。ただ、まだ抜く気はないらしく、抜刀の気は感じられなかった。

「どうした、抜かねえのか」

言いざま、隼人は右手を柄に添えた。

と、牢人の右の肩先がわずかに沈み、鋭い殺気が放射された。痺《しび》れるような殺気である。

咄嗟に、隼人は腰を沈めて抜刀体勢を取った。

が、隼人は抜かなかった。牢人の身構えから、殺気が消えたからである。

……こいつ、おれの腕を確かめやがった。

と、隼人は思った。

牢人は抜刀体勢から殺気を放ち、隼人の反応と身構えを見たのである。

「次は、きさまの首を刎る」

牢人が言った。

「やらねえのかい」

隼人は、柄から右手を離した。

この男が、浜六や松喜屋のふたりを斬ったのであろうと隼人は思った。

「旦那、今日のところは見逃しておきやす。あっしらも、八丁堀の旦那を斬るには、それなりの覚悟がいりやすからね」

町人体の男が言った。

「分かってるじゃァねえか」

「ですが、次は遠慮しませんぜ」

そう言うと、町人体の男がきびすを返して走り出した。牢人も後につづく。

　隼人は追わなかった。ふたりの逃げ足が速かったこともあるが、ここでふたりを相手にしたら殺られるかもしれないと感じたからである。

5

「だ、旦那ァ、大変《てえへん》だ！」

　利助が縁先に飛び込んできた。

　隼人は縁先でいつものように出仕前の髪結いを登太にやらせていたのだ。登太も手をとめて、利助に顔をむけている。

　何かあったようだ。利助が直接庭へまわることは、滅多にないことだった。それに、よほど急いで来たと見え、利助は苦しそうに肩で息している。いつも金魚の糞《ふん》のようにくっついている綾次の姿もない。

「どうした」

「や、殺《や》られた」

「だれが、殺られたのだ」

「常吉で」

「なに」

思わず、隼人は腰を上げた。

慌てて登太が、隼人の肩にかけてあった手ぬぐいを取って、襟元《えりもと》の髪を払い落とした。髪結は、ほぼ終わっていたのである。

「場所はどこだ」

「柳橋の大川端で」

「綾次はどうした」

「殺しの現場にいるはずで。集まった連中の話を聞いておけ、と言ってありやす」

「よし、行こう」

どうやら、常吉は浜六の二の舞になったようである。

隼人が戸口へ向かうと、おたえが慌てた様子でついてきた。

「だ、旦那さま、どうされました」

丸く目を剝き、首を伸ばして喉に何かつまったような顔をしている。

「事件が出来した。急がねばならぬ」

隼人がいかめしい顔で言うと、おたえは、

「は、はい」

と応《こた》え、眦《まなじり》を決したような顔で隼人について戸口から出た。

「留守を頼むぞ」

「心得ました」

おたえが足をとめ、顎を引いてうなずいた。

戸口のところで挟み箱を担いで待っていた庄助も、隼人につづいて木戸門から通りへ出ると、旦那、事件ですかい、と訊いた。

「そうだ、ついてこい」

「へい」

庄助は挟み箱を担いだまま隼人についてきた。

隼人は八丁堀の通りを江戸橋の方へむかいながら、

「利助、現場を見てきたのか」

と、訊いた。それにしては、連絡が早かった。

「まだで。知り合いの下っ引きに話を聞き、ともかく旦那に知らせようと、あっしが八丁堀へ走り、綾次を柳橋へやったんでさァ」

「大川端だそうだが、どの辺りか分かるのか」

「万田屋から一町ほどのところだと聞いていやす」

「そうか」

おそらく、常吉は万田屋と千里屋を見張っていて、殺されたのであろう。

隼人たち三人は、神田の町筋を抜け、両国広小路を経て柳橋へむかった。そして、万田屋ちかくの大川端へ出て川上へいっとき歩くと、前方の川岸に人だかりがしているのが見えた。

「旦那、あそこのようですぜ」

「そうらしいな」

十数人の男が集まっていた。近所の住人が多いようだが、印半纏姿の船頭や岡っ引きらしい男も目についた。船頭が多いのは、近くに何軒かの船宿があるからであろう。まだ、八丁堀同心の姿はなかった。

「旦那ァ、ここで」

人垣のなかから、綾次が伸び上がるようにして手を振った。顔がこわばっている。

隼人が近付くと、人垣が左右に割れて道をあけてくれた。そこは、川岸につづくなだらかな斜面で、春の若草が生い茂っていた。

常吉の死体は、数人の岡っ引きが集まっているなかに横たわっていた。

常吉は浜六と同じように首を刎られていた。常吉は仰向けに倒れていたが、顔はねじれたように横をむいていた。喉皮だけを残して截断されたのだ。首筋から胸にかけて、どす黒い血に染まっている。殺られたのは昨夜であろう。

常吉は目を剝き、大きく口をひらいたまま死んでいた。凄絶《せいぜつ》な死顔である。

「同じ手だな」

隼人がつぶやいた。顔が怒りと屈辱でゆがんでいる。

浜六を斬殺した下手人が、常吉も手にかけたのである。隼人の脳裏に大川端で出会った牢人が浮かんだ。

……あいつが、やったにちげえねえ。

と、隼人は思った。

ただ、牢人が己の意思で浜六や常吉を斬ったとは思えなかった。何者かの指示があったにちがいない。事件の首謀者は別にいるような気がしたのだ。

牢人といっしょにいた町人体の男が、事件の首謀者であろうか。隼人はちがうような気がした。ふたりは殺し屋で、首謀者の指図で浜六や常吉を殺したのであろう。

……黒幕は別にいる。

と、隼人は思った。

その黒幕の正体がつかめないと、事件の全貌《ぜんぼう》は見えてこないだろう。

「旦那、横峰の旦那が来やしたぜ」

利助が隼人の耳元でささやいた。

見ると、横峰が手先を数人連れ、慌てた様子でこっちへやってくる。

横峰は隼人と目を合わすと、渋い顔をしたままちいさくうなずいた。そして、常吉の死体を見下ろし、

「だから、釘を刺しておいたんだ」

と、苦虫を噛《か》み潰《つぶ》したような顔をして言った。

隼人は死体のそばから身を引いた。横峰と話す気はなかったし、検屍は定廻り同心の横峰にまかそうと思ったのだ。

それから小半刻（三十分）して、天野が臨場した。天野も手先を三人連れていた。急いで来たらしく、顔が紅潮している。

「長月さん、遅れました」

そう言って、天野は隼人に頭を下げた。

「ともかく、死骸《ほとけ》を拝んでみろ」

「そうします」

天野はすぐに横峰のそばに近付き、死体のそばに屈み込んだ。

いっときすると、天野が隼人のそばにもどって来て、

「ともかく、付近の聞き込みをやらせます」

そう言って、近くにいた手先の岡っ引きや下っ引きたちを集めた。数人の男たちが、その場を離れ、通りの左右に散っていった。

それを見た利助が、

「旦那、あっしらも聞き込みにまわりやしょうか」

と、勢い込んで訊いた。綾次も、こわばった顔を隼人にむけている。

「聞き込みは、天野と横峰さんにまかせればいい。おめえたちふたりは、おれについてこい」

「どこへ行くんで」

利助が訊いた。

「千里屋と万田屋に行って、話を聞くのよ」

隼人は、その場から近い万田屋へむかって歩きだした。

6

万田屋はまだ暖簾が出ていなかった。

戸口に立つと、格子戸のむこうで女の声がした。近くにだれかいるらしい。

隼人は格子戸をあけて店へ入った。狭い土間の先が廊下になっていて、その先に二階へ上がる階段があった。

「八丁堀の旦那だよ」

右手の座敷から女の声が聞こえた。そこが帳場らしかった。座敷にいた女将《おかみ》らしい年増が、慌てた様子で戸口まで出てきた。

「何か、ご用でしょうか」

女の顔に不安と戸惑うような表情があった。無理もない。八丁堀の同心が手先をふたりも連れて乗り込んでくれば、脛《すね》に疵《きず》のない者でも不安になる。

「女将さんかい」

隼人が訊いた。

「はい、女将のお駒《こま》です」

「お駒さんかい。……それで、この先の大川端で人殺しがあったんだが、聞いてるかい」

隼人は兼定を鞘ごと抜き、上がり框に腰を下ろした。利助と綾次も隅の方に腰をかけた。

「はい、店の者が話しているのを聞きました」

お駒の顔がいくぶんなごんだ。人殺しのかかわりで調べに来たことが、分かったのであろう。

「殺されたのは常吉という町方の手先なのだが、この店にも顔を出したかい」

「いいえ」

お駒は強く首を横に振った。

「ところで、昨夜の客のなかに牢人はいなかったか」

「ご牢人はいませんでした。お武家さまは何人かいましたが、お旗本とお大名のご家来の方ですから」

お駒がきっぱり言った。うちは、牢人などが来るような店ではないと言いたかったのであろう。

「そうかい。ところで、この店におせんという女中がいるだろう」

「い、いましたが、いまはおりません」

お駒が声をつまらせて言った。困惑したような表情が浮いていた。

「店を休んでるのかい」

「それが、五日ほど前にやめたのです」

「やめたと」

「はい、都合でやめたいと急に言い出しまして」

「家は分かるかい」

「福井町の伝兵衛《でんべえ》店《だな》だと聞いていますが、はっきりしたことは」

分からない、と、お駒は小声で言い添えた。

隼人はそれ以上おせんのことは訊かなかった。福井町は柳橋から遠くなかった。店を出てから寄ってもいい。

「つかぬことを訊くが、平造という男を知ってるか」

隼人がお駒を見すえて訊いた。

「さァ、存じませんが」

「知らねえはずはねえぜ。下駄屋のあるじで、おせんとねんごろだった男だ」

「あ、あの平造さん……。知ってます、うちの客でした」

お駒の顔が狼狽《ろうばい》したようにゆがんだ。

「尾崎屋半十郎という男も、知ってるな」

「い、いいえ、存じませんが」

お駒の声に震えがあった。

「そいつはおかしい。平造は、半十郎から金を借りて、この店の支払いをしたはずだがな」

「そういえば、おせんさんが、それらしいことを言ってましたが、わたしは、いちいちお客さまの名を伺うようなことはしませんもので……」

お駒はそう言ったが、動揺しているらしく顔が蒼ざめていた。

「半十郎のことは、知らねえんだな」

隼人が念を押すように訊いた。

「名は知りませんが、平造さんが、店に来る客からお金を借りていたことは、おせんさんから聞いていました」

「そうかい」

隼人は、お駒をさらに追及するには駒不足だと思った。

それから隼人は、万田屋と千里屋のかかわりを訊いてみた。お駒の話によると、経営は別だが万田屋が支店のような立場で、料理の材料の仕入れ先も同じだそうである。

それに、万田屋の包丁人は千里屋で修業した者だという。

思ったより、両店の結び付きは強いようだ。

「邪魔したな」

隼人は、腰を上げた。

通りへ出た隼人は、利助と綾次に、福井町の伝兵衛店に行って、おせんがいるかどうか、確かめてくるよう指示した。

「旦那は？」

利助が訊いた。

「おれは、千里屋に行ってみるつもりだ。……一刻（二時間）ほどしたら、柳橋のたもとで会おうじゃァねえか」

そう言って、隼人は利助たちに背をむけた。

隼人は、千里屋でも応対に出た女将のお秀《ひで》に万田屋と同じようなことを訊いたが、あまり収穫はなかった。それに、女中のお峰もおせんと同様、七日ほど前に千里屋をやめてしまい、住居は知らないという。

ただ、お秀は半十郎のことをお駒よりくわしく話した。お秀によると、半十郎は四十がらみで、恰幅《かっぷく》のいい大店の主人らしい男だという。千里屋には月に一度ほど顔を出し、商家の旦那ふうの男といっしょのときが多かったそうである。

「尾崎屋だが、何を商っている店だい」

隼人はお秀に訊いてみた。

「両替屋だと聞いた覚えがありますが……」

お秀は首をひねりながら小声で言った。あまり自信はないようである。

「その店だが、どこにあるのだ」

「さァ、そこまでは知りませんけど」

お秀はそう言って腰を浮かせ、帳場の方へもどりたいような仕草をした。店の支度があるようである。

「また、来るかもしれねえぜ」

隼人はそう言い置いて、千里屋を出た。

柳橋のたもとへ行くと、利助と綾次がげんなりした顔で立っていた。歩き疲れただけでなく、腹が減っているのだろう。

「旦那、おせんはいませんぜ」

利助が顔をしかめて言った。

「どういうことだ」

「伝兵衛店に、おせんという女は住んでねえそうで」

「うむ……」

隼人は落胆しなかった。そんなことだろうと思っていたのである。ただ、お駒が隼人を騙したとは思えなかった。お駒の口からすぐに伝兵衛長屋の名が出たし、咄嗟にごまかしたような様子もなかった。おそらく、おせんがお駒に嘘《うそ》をついていたのだろう。

……おせんとお峰も消えちまったな。

浜六や松喜屋のふたりを殺した下手人をたぐる糸が、切れたのである。下手人は、町方がおせんとお峰を探っているのに気付き、ふたりの身を隠したのかもしれない。

「敵も、なかなか手が早《はえ》えな」

「へえ……」

利助が空気の洩れたような返事をした。

「そばでも食うか」

隼人が柳橋を渡りながら言った。

「へい、お供いたしやす」

利助が声を上げた。

利助と綾次の足が、急に軽くなったようである。

7

常吉が殺されて五日経った。隼人が奉行所の門を出て数寄屋橋を渡ると、後ろから天野が追ってきた。

いつも連れている小者の与之助《よのすけ》もいっしょである。巡視に行くところらしい。

「長月さんに、話がありましてね」

肩を並べると、天野が小声で言った。浮かぬ顔をしている。あまりいい話ではないようだ。与之助は気を利かせて、隼人たちからすこし間を取ってついてくる。

「事件のことか」

「まァ、そうです。どうも、気になるんです」

「何が気になる」

「岡っ引きたちの動きです。どうも、本腰を入れて探っているようには、見えないのです」

天野によると、常吉が殺された柳橋での聞き込みも、なおざりでやる気がないように見えたという。それに、久右衛門と利三郎を殺された松喜屋を探らせているが、事件にかかわるようなことは何も出てこないそうである。

隼人も天野と同じことを感じていた。松喜屋、千里屋、万田屋など事件にかかわった店へ行っても、岡っ引きが聞き込みにきた様子はまるでなかったのである。

「仕方あるまい。岡っ引きたちも、横峰さんと同じさ」

隼人が歩きながら言った。

「どういうことです？」

「わずかな手当で、命を張るのは割りに合わないと思ってるんじゃァねえのか。それにな、浜六につづいて常吉が殺されたことで、怖がってるのさ。次はおれの番じゃァねえかとな」

「しかし、それでは町方は務まらない」

天野が渋い顔をして言った。

「それにな、相手が見えねえだけに、よけい怖いんだ」

「…………」

天野は黙った。顔がこわばっている。

「なァに、相手が見えてくりゃァ動き出す。十手を持ってる手前、いつまでも目をつぶっちゃァいられねえからな」

隼人は、横峰さんも同じさ、と言おうとしたが口にしなかった。横峰の場合は事件の首謀者が見えていて、恐れているのではないかという気がしたのだ。

隼人は視線を落として歩いている天野に、

「天野」

と、声をかけた。

「おれたちは探索をつづけるしかねえが、用心しろ。やつら、おれたちにも手を出してくるかもしれねえぜ」

そのとき、隼人の脳裏に大川端で出会った牢人と町人体の男がよぎったのだ。ふたりは隼人だけでなく、天野にも手を出す可能性があった。

「承知してます」

天野が虚空《こくう》を睨むように見すえて言った。

隼人は日本橋のたもとまで来て天野と別れた。隼人は紺屋町の豆菊に行くつもりで奉行所を出てきたのである。

豆菊の暖簾は出ていなかったが、八吉は板場で料理の仕込みをやっていた。おとよに呼ばれて、店に出てきた八吉は、

「一杯《いっぺえ》、やりやすかい」

と、目を細めて言った。

「いや、陽が高いうちから飲んでるわけにはいかねえ。利助と綾次は」

隼人は、追い込みの座敷の框に腰を下ろしながら訊いた。

「朝から、柳橋へ行ってやすぜ」

八吉によると、利助たちはおせんとお峰の行方《ゆくえ》をつかむために、万田屋と千里屋の近くに聞き込みに行っているという。

「そうかい」

ふたりの行方をつかむのは容易ではないだろう。ただ、行方がつかめれば、事件の全貌が見えてくるかもしれない。

「ところで、旦那、今日は？」

八吉が訊いた。利助たちに用があってきたのなら、ふたりが探索からもどった頃合を見て来るだろうと思ったようだ。

「今日は、おめえの話を聞こうと思ってな」

「あっしの話を」

八吉が怪訝《けげん》な顔をした。

「実は、半月ほど前だが、おれは大川端で浜六や久右衛門たちを斬ったと思われるふたり連れと会ったのよ」

隼人はそのときの様子をかいつまんで話した。

「ただの痩せ牢人じゃァねえようで」

八吉の顔がけわしくなっていた。双眸がやり手の岡っ引きらしい鋭いひかりを宿している。

「どうみる」

「そいつら、殺し屋かもしれませんぜ」

「おれもそう思ったが。おめえ、ふたりに心当たりはねえかい」

隼人が訊くと、八吉はいっとき虚空に視線をとめて記憶をたぐっているようだったが、「ありませんねえ」

と、小声で言った。

「ふたりとも、なかなかの腕だぜ」

隼人は、町人体の男も腕利きの殺し屋だろうと思った。

「殺し屋なら、金ずくで動いてるにちがいねえ。ふたりの殺し屋に金を渡して、殺しを頼んでいるやつがいるはずですがね」

「そいつが、黒幕だな」

「それらしいのが、浮かんでますかい」

八吉が訊いた。

「いいや」

隼人の脳裏に尾崎屋半十郎のことがよぎったが、まだ何とも言えなかった。

「いずれにしろ、大物のようだ。姿をあらわさず、江戸の闇を仕切ってるやつかもしれませんぜ」

八吉が低い声で言った。

「八吉、おめえに心当たりはねえかい」

「分からねえ。……ですが、黒蜘蛛《くろくも》の爺《じい》さんなら知っているかもしれませんぜ」

「黒蜘蛛の九蔵《きゅうぞう》か」

九蔵は盗人だったが、老いて足を洗い、いまは古着屋をやっていた。

九蔵はひとり働きの盗人だった。手口はあざやかで、人を殺《あや》めたり傷つけたりすることがなかったので、盗人仲間の信望は厚かった。そのため、隠居してからも盗人連中が九蔵の許《もと》に顔を出し、いつしか盗人の元締めのような立場になっていたのである。ただ、いまは老齢を理由に元締めからも足を洗い、小体な店で古着を売って細々と暮らしていた。

隼人は、闇の世界に住む盗人や殺し屋などの探索に行き詰まったとき、何度か九蔵から話を聞いたことがあった。ただし、九蔵から情報を得るのはむずかしい。気難しい男で、気がむかないと貝のように口をつぐんでしゃべろうとしないのだ。

「あっしも、お供しやすよ」

八吉が言った。

第三章　孤立

1

黒蜘蛛の九蔵のやっている古着屋は、芝の増上寺《ぞうじょうじ》の門前にあった。門前といっても、表通りではない。門前通りから狭い路地を入った裏店のつづく一角である。

店に吊《つる》してある古着もわずかで、路地から見ただけでは何を商っているのか分からないような店だった。

この日、隼人は牢人のような格好をして来ていた。八丁堀ふうでは近所の目を引き、九蔵も都合が悪いだろうと思ったからである。

「爺さん、なかにいるようですぜ」

八吉が戸口から店のなかを覗いて言った。

見ると、土間の先の狭い座敷に、年寄りがひとり背をまるめて座っていた。まるで、置物の木像のように身動《みじろ》ぎもしない。

「眠っているようだな」

九蔵は目をとじていた。

「起きていやすよ。あれで、爺さん、耳は達者でしてね。あっしらの話を聞いてるかもしれませんぜ」

八吉が顔をくずして言った。

名うての盗人と腕利きの岡っ引き。現役同士なら、おだやかな顔で会うことなどないのだろうが、ふたりとも隠居の身である。

「ごめんよ」

八吉が店に入って声をかけた。後ろから隼人もつづいた。

九蔵はすこしだけ顔を上げて目をあけた。八吉の言ったとおり、眠ってはいなかったようである。

九蔵は隼人と八吉の姿を見ても、表情を動かさなかった。隼人と八吉のことは、知っているはずである。何しに来たのか、様子をうかがっているのかもしれない。

隼人は戸口ちかくに吊してあった棒縞《ぼうじま》の単衣《ひとえ》を手にした。継ぎ当てのある粗末な物だった。隼人が着るわけにはいかなかったが、繕いなおさせて綾次に着せてもいいと思った。

九蔵への挨拶であり、袖の下でもあった。以前、訪ねてきたときも、隼人は客として古着を買った上で話を聞き出したのである。

「こいつは、いかほどだい」

隼人は単衣を九蔵の膝先へ置いた。

「一朱で、どうです」

「もらおう」

隼人は財布を出して、九蔵の膝先に一朱銀を置いた。

九蔵が単衣を折り畳むのを見ながら、隼人は上がり框に腰を下ろした。八吉も、隼人の脇に腰をかけた。

「とっつァん、おれのことを覚えてるかい」

八吉が訊いた。

「へい、鉤縄の旦那でしょう」

そう言って、九蔵はチラッと八吉に目をやった。細い目に、刺すようなひかりが宿った。ただ、警戒しているような表情はなかった。

「いまは、女房にこき使われて板場で皿を洗ってるよ」

八吉が笑いながら言った。

「まだ、若えのに、おめえさんが足を洗っちまっちゃァ、鬼の旦那も寂しいでしょうよ」

九蔵は隼人に目をやりながら言った。目に宿した刺すようなひかりも消え、おだやかな顔付きになっていた。機嫌《きげん》はいいようである。

「とっつァん、話を聞きてえんだがな」

隼人が切り出した。

「あっしは見たとおりの隠居爺《じじ》いだ。つまらねえ世間話しかできませんぜ」

「その世間話でいいのよ。……浜六と手先の常吉が、殺られたのを知ってるかい」

松喜屋の主人と手代殺しは、まだ口にしなかった。

「噂は聞いていやすよ」

「そんなら話は早《はえ》え。……ふたりを殺ったのは素人じゃァねえ。一太刀で、首を刎られていたのだ」

「そうですかい」

九蔵は気乗りのしない声で言った。

「おれは、下手人らしいふたりに会っていてな」

隼人は、大川端で出会ったふたりのことをかいつまんで話した。

「鬼の旦那を脅したわけですかい。いい度胸してやすね」

そう言って、九蔵は口元にうす笑いを浮かべた。

「とっつァんに、心当たりはねえかい」

「ねえ」

九蔵は素っ気なく答えた。

「腕のいい殺し屋だ。それに、室町の呉服屋、松喜屋のあるじと手代も、そいつらがやってるらしいんだがな」

「よほどの金が動いてるにちがいねえ。……鬼の旦那を脅すような閻魔《えんま》さまが、後ろに控えてるんでしょうよ」

九蔵は、世間話でもするような口調で言った。

「その閻魔に、心当たりはねえのか」

九蔵が口にした閻魔とは、殺し屋ふたりを動かしている黒幕のことである。

「そういやァ、何年か前に店にきた客が閻魔のことを話してたなァ」

店の客とは、盗人のことであろう。

「なんて、話してたんだい」

「金ずくで人殺しをしたり、高利で金を貸して死ぬまで絞り取る怖え閻魔がいるってね」

九蔵の顔から笑みが消えていた。かすかに怒りの色がある。九蔵も、平気で人を殺める下手人に怒りを覚えたのであろう。

隼人は、九蔵が口にした閻魔が今度の事件の黒幕にちがいないと直感した。殺し屋を遣って金ずくで殺しを請け負ったり、高利で金を貸し付けて過酷に取り立てて自殺にまで追い詰めるような手口が、今度の事件と符合しているのだ。九蔵も、隼人と同じように思ったからこそ、話したのであろう。

「その閻魔だが、名は分かるかい」

「分からねえ」

「尾崎屋半十郎じゃァねえかな」

隼人は、そう簡単に名乗るはずはないと思ったが、念のために訊いてみた。

「闇に隠れちまってる男は、名など出しませんや」

九蔵が言った。

「もっともだ」

「そいつは隠《かく》れ蓑《みの》にくるまっていやしてね。あっしらのような者でさえ、姿を見たことがねえんで」

「隠れ蓑か」

おそらく、本人が手を出すことはまれなのだろう。その男は江戸の闇に姿を隠したまま手先を動かして悪事を働き、莫大な金を手にしているにちがいない。

隼人が虚空に視線をとめて黙考していると、八吉が、

「とっつァん、そいつの縄張は分かるだろう」

と、訊いた。

「深川、本所、浅草……。そこいらを縄張にしてるとは聞いたが、はっきりしたことは分からねえよ」

九蔵は首をすくめた。

それから、隼人と八吉は、閻魔と呼んでいた黒幕の表向きの稼業や手先などについて訊いたが、九蔵もそれ以上のことは知らないようだった。

「邪魔したな」

隼人が立ち上がると、

「鬼の旦那」

九蔵が顔を隼人にむけ、重みのある声で言った。

「気をつけなせえよ。殺し屋は相手が八丁堀でも金さえもらえば、仕事を引き受けや

すよ。それに、閻魔の手先は何人もいるはずだ。どこで、旦那を見てるか分からねえからね」

「油断はしねえよ」

そう言い置いて、隼人は店を出た。八吉が、こわばった顔をして跟《つ》いてきた。

2

「旦那ァ、とっつァんが言ってたとおりだ。下手に嗅ぎまわると、命を狙われやすぜ」

八吉が、増上寺の門前通りへ出るとすぐに言った。

「分かってるよ」

隼人はそう言っただけで、黙考したまま歩いた。

門前通りは賑わっていた。参詣客や遊山客などが、行き交っている。隼人と八吉は人混みを縫うように歩いて、東海道へ出た。

ふたりは東海道を日本橋の方へむかった。東海道も人通りが多かったが、門前通りほど賑わってはいなかった。

隼人はすこし歩調をゆるめると、

「八吉、命を狙われるのは、おれだけじゃァねえぜ」

と、低い声で言った。

「利助と綾次も危ねえ」

これまで、利助と綾次は常吉と同じように万田屋や千里屋を嗅ぎまわっていた。当然、浜六や久右衛門たちを手にかけた一味は、ふたりを始末したいと思っているだろう。

「まったくで」

八吉の顔にも憂慮の翳《かげ》があった。

「ふたりは、しばらく豆菊の手伝いでもさせるんだな」

隼人が大川端で出会った牢人と町人体の男に、利助たちが襲われたら命はないだろう。

いっとき八吉は口をつぐんだまま歩いていたが、

「旦那、こうしてくだせえ」

と、腹を固めたような顔をして言った。

「しばらく、利助と綾次は店に置きやすから、代わりにあっしを旦那の手先として使ってくだせえ」

八吉は、下手人たちも、あっしのことは気付いてねえはずだ、と言い添えた。

「そうしてくれれば、助かる」

八吉なら、願ってもない手先である。

「それに、とっつァんが口にしてた閻魔は、深川、本所辺りを縄張にしてるようだし、繁吉《しげきち》と浅次郎《あさじろう》を使ってみたらどうです」

八吉が、隼人の顔を見ながら言った。

「繁吉と浅次郎なら、使えるな」

繁吉は深川今川町の船木屋《ふなきや》という船宿の船頭をしている男で、最近手札を渡して手先にしたばかりである。

浅次郎は本所北本町の八百屋の倅で、隼人の手先になりたいと望み、繁吉の下っ引きとしてしばらく使ってみることにした若者だった。

「ふたりとも、旦那から話がねえんで、やきもきしてるはずですぜ」

「明日にも、ふたりに話そう」

町方の手先として顔の知られていないふたりなら、下手人たちもすぐには気付かないはずである。

「旦那、あっしは松喜屋の筋をたぐってみてえんですがね」

八吉が声をあらためて言った。

「何かたぐる糸があるかい」

「へい、殺し屋が久右衛門と利三郎を殺ったとすれば、ふたりの殺しを頼んだやつがいるはずなんで」

「そうだな」

「あっしは、利三郎はたまたま久右衛門といっしょにいたために殺られたとみていやす」

「おれも同じ読みだ」

「となると、殺しを頼んだやつは久右衛門に強い恨みをもっていたか、それとも繁盛してる松喜屋を妬《ねた》んでいたか。いずれにしろ、久右衛門を殺すか、松喜屋をつぶそうとしたんじゃァねえんですかね」

「うむ……」

いい読みだ、と隼人は思った。

「殺しを頼んだやつが分かれば、そこからたぐれやす」

「八吉、頼むぜ」

「へい」

八吉が目をひからせてうなずいた。鉤縄の八吉と呼ばれていたころの剽悍そうな顔である。

翌日、隼人は今川町へ行き、船木屋に顔を出して繁吉に会った。

繁吉は三十がらみ、面長で目の細い男である。船頭をしているせいもあって、陽に灼《や》けた浅黒い肌をしていた。

隼人と繁吉は、船木屋の裏手の桟橋で話した。気持のいい川風が吹いていたからである。

「いつ、旦那から探索の指図があるかと首を長くして待ってやした」

繁吉が、不満そうな顔をして言った。浜六と常吉、それに松喜屋の主人と手代が殺される事件がつづきながら、隼人から繁吉に何の話もなかったからであろう。

「すまんな、お奉行からの指図がなかなかなくてな」

隼人は苦笑いを浮かべて言った。

「それで、何を探りやす」

繁吉が勢い込んで訊いた。

「名は分からねえが、今度の事件の裏で糸を引いている大物だ。深川、本所、浅草辺りを縄張にしているらしい」

隼人は、これまで分かったことをかいつまんで話し、

「千里屋にいたお峰と万田屋のおせん。ふたりに的を絞って、浅次郎とふたりで、聞き込んでみろ。ただし、ふたりは別の名を遣ってるかもしれねえぜ」

と、言った。隼人は、お峰とおせんが、黒幕と思われる男が縄張にしている深川、本所、浅草の繁華街にもぐり込んでいると見ていたのである。

「承知しやした」

「いいか、お上《かみ》のご用だと、分からねえように動くんだぜ。浜六や常吉の二の舞にならねえようにな」

「へい」

繁吉が顔をひきしめてうなずいた。

3

「だ、旦那さま、金之丞《きんのじよう》どのが見えてます」

おたえが、障子をあけるなり言った。顔がこわばり、声が震えを帯びている。何かあったらしい。

隼人は半刻（一時間）ほど前に、深川今川町から八丁堀にもどり、夕餉を済まして

居間で横になっていたのだ。

「天野の弟か」

天野には金之丞という弟がいた。歳は十八、神田高砂町《たかさごちょう》のある直心影流の道場に通っており、隼人と同門だった関係もあって、何度か剣術の手解《てほど》きをしたことがあった。

「は、はい。天野さまが、何者かに襲われたそうです」

「なに！」

隼人は跳ね起きた。

刀も手にせず、居間を飛び出して戸口へむかった。

騒ぎを聞きつけて奥の座敷で休んでいた母親のおつたも出てきて、おたえといっしょにひき攣《つ》ったような顔をしてついてきた。

戸口に金之丞が蒼ざめた顔で立っていた。

「金之丞、天野の命は」

顔を合わせるなり、隼人が訊いた。

「深手ですが、命にかかわるようなことはございませぬ。兄が、長月さまをお呼びするようにもうしますので、お知らせに上がりました」

金之丞が、上ずった声で言った。

「行くぞ」

隼人が戸口から飛び出そうとすると、

「旦那さま、お気をつけて！」

と、おたえが声をつまらせて言うと、脇にいたおつたが、隼人、はやまったことをするでないぞ、と甲走《かんばし》った声で言い添えた。

「母上、おたえ、戸締まりを忘れぬように」

そう言い置いて、隼人は戸口から出た。

六ッ半（午後七時）ごろだろうか。かすかに西の空に残照があったが、頭上は夜陰につつまれ無数の星が瞬いていた。

天野は居間に寝ていた。浴衣《ゆかた》を着た肩口と腕に晒《さらし》が巻かれ、滲《にじ》み出た赭黒い血の色が見えた。天野の枕元には、隠居した父親の欽右衛門《きんえもん》と母親の貞江《さだえ》が心配そうな顔で端座していた。

「どうした、天野」

隼人は天野の脇に座した。

「面目ない。八丁堀川沿いの道で、ふたり組の男に襲われました」

そう言って、天野は笑いかけたが、顔がゆがんだだけである。

「それで、傷は」

　隼人が訊くと、座していた欽右衛門が、

「肩の傷が深いようじゃが、町医の玄庵《げんあん》どのは、命にかかわるような傷ではないと診断《みたて》られた。ただ、しばらくは安静にするようにとのことでござった」

　そう言って、口をひき結んだ。

「そういうわけで、しばらく探索から身を引かねばなりません。それで、長月さんに事情をお伝えしようと、お呼びしたのです」

　天野が悔しそうな顔をして言った。

「事件のことは気にするな。ゆっくり、養生するといい」

　隼人は内心、この程度の傷でよかったと思った。浜六や常吉のように、いまごろ首を刎られていたかもしれないのだ。

　いっとき、座敷は重苦しい沈黙につつまれていたが、

「父上、母上、金之丞。長月さんとふたりだけにしてくれんか。内密の話があるのだ」

　と、顔をしかめて言った。一向にその場から離れようとしない家族に、業《ごう》を煮やしたらしい。

「玄次郎、無理をするでないぞ」

欽右衛門がそう言って立ち、つづいて金之丞が、最後に貞江が立ち上がり、三人ひとつながりになって座敷から出ていった。

「まったく、家の者は遠慮ということを知らぬ」

天野が渋い顔をして言った。

「何を言っている。おまえのことが心配で、そばを離れられないのだろうが」

天野の家族は、四人とも家族思いなのである。

「それで、襲撃されたことと、これまでの探索で分かったことを長月さんに話しておこうと思ったのです」

そう小声で言って、天野は襲撃されたときの様子を話しだした。

この日、天野は巡視を早めに切り上げ、小者の与之助と手札を渡している岡っ引きをひとり連れ、松喜屋にまわった。奉公人や女中から、久右衛門と利三郎に強い恨みを持っている者や松喜屋と他店の確執などを聞いたが、殺しとつながるような情報は得られなかった。

天野は一刻（二時間）ほど松喜屋で聞き込みをしてから、いったん南町奉行所へもどった。用部屋で他の同心の探索の様子を聞き、暮れ六ッ（午後六時）すこし前に、与之助だけを連れて帰宅の途についた。

天野は京橋を渡り、八丁堀川沿いの道を組屋敷のある大川方面に歩いた。前方に八丁堀川にかかる中ノ橋が、淡い暮色のなかに見えてきた。

すでに暮れ六ッ（午後六時）を過ぎ、川沿いの表店は店仕舞いをしていた。通りに人影はなく、ひっそりとしていた。風のない日で、八丁堀川の流れの音だけが、足元から聞こえてくる。

「旦那、橋のたもとにだれかいやすぜ」

与之助が不審そうな顔をして言った。

見ると、中ノ橋のたもとに大柄な武士がひとり立っていた。羽織袴姿で二刀を帯びていた。与之助が不審そうな顔をしたのは、武士が深編み笠をかぶっていたからであろう。身装《みなり》は、御家人か江戸勤番の藩士のようだったが、夕闇のなかに深編み笠で立っている姿はいかにも不自然だった。

……おれを待ち伏せしているのか。

一瞬、天野はそう思ったが、足をとめなかった。

立っている武士が、隼人から聞いていた牢人ふうではなかったし、それに相手はひとりなのだ。与之助はたいした戦力にならないが、こちらはふたりである。そして、天野たちが近付くと、武士はゆっくりとした足取りで通りへ出てきた。天野たちの行く手に立ち塞がると、かぶっていた深編み笠を路傍に投げた。

驚いたことに、武士は笠の下に黒い頭巾《ずきん》をかぶって顔を隠していた。

「何者だ！」

天野が誰何《すいか》した。

武士は無言だった。足早に間をつめてくる。天野はゾッとした。黒頭巾で顔を隠しているせいもあり、巨獣が獲物に迫ってくるような威圧と不気味さがあった。

……殺し屋だ！

天野は察知した。

「だ、旦那、後ろからも来やす！」

与之助が、ひき攣《つ》ったような声を上げた。

町人体の男だった。黒の半纏に紺の股引。手ぬぐいで頬っかむりしていた。すこし前屈みの格好で、淡い夕闇のなかをすべるように疾走してくる。黒い半纏がひるがえり、その姿が黒い巨鳥のように見えた。

「人殺し！　人殺し！」

ふいに、与之助が大声で叫び、川沿いの表店に駆け寄って、しまっている大戸を激しくたたいた。助けを求めたらしい。

与之助の背後に、町人体の男が迫った。その手元がにぶくひかっている。匕首である。懐にでも呑んでいたのだろう。

一方、天野は眼前に迫ってきた武士に相対し、刀を抜いた。与之助を助けに行く余裕はなかった。

武士も抜刀すると八相《はっそう》に構え、そのまま足をとめずに斬撃の間境に迫ってきた。腰の据わった構えで、覆いかぶさってくるような威圧があった。

武士は一気に斬撃の間境を越え、

タアッ！

と鋭い気合を発して、斬り込んできた。

袈裟へ。切っ先が天野の肩口を襲う。が、天野はこの斬撃を読み、刀身を振り上げて受けた。

天野の眼前でふたりの刀身がはじき合い、青火が散り、甲高い金属音がひびいた。

と、天野の体《たい》がよろめいた。武士の剛剣に、一瞬、腰がくだけたのである。

天野がよろめきながら後じさると、武士はすばやい寄り身で間をつめ、さらに袈裟へ斬り込んできた。俊敏な動きである。

天野の肩口に衝撃がはしった。着物が裂け、血の色がある。

天野はなんとか体勢を立て直し、後ろへ跳んだ。

武士が嵩《かさ》にかかって斬り込んできた。武士の横にはらった切っ先が、天野の左の二の腕を横に裂いた。だが、浅手だった。着物と皮肉が浅く裂けただけである。

さらに、天野は後ろに逃げた。背が、表店の大戸につきそうになった。

そのときだった。与之助の悲鳴が聞こえ、つづいて大戸をあける音がした。女の甲高い悲鳴と、斬り合いだ！　人殺しだ！　という男の大声が聞こえ、バタ、バタと引き戸をあける音がした。通りの騒ぎに気付き、近所の住人が表戸をあけて覗いているらしい。

武士は逡巡《しゆんじゆん》するように視線を揺らしたが、八相に構えると摺《す》り足《あし》で身を寄せてきた。天野を斬る間はあるとみたようだ。

そのとき、天野のすぐ脇で、ガラッと大戸をあける音がした。

と、ギャッ！　という叫び声がおこった。大戸の隙間《すきま》から男が顔を出し、迫ってくる武士の姿を目にしたらしい。

「人殺しィ！」

男が絶叫を上げた。

天野がひらいた大戸の間から家のなかへ逃れようとすると、武士の寄り身がとまった。「運のいいやつだ」

武士はそう言い捨て、きびすを返すと、小走りに中ノ橋の方へむかった。


「与之助のお蔭《かげ》で、命拾いしました」

天野は話し終えると、口元に苦笑いを浮かべたが顔はこわばっていた。そのときの恐怖が、蘇《よみがえ》ったのであろう。

「与之助はどうなった」

隼人が訊いた。

「与之助は、匕首で背中を裂かれていました。ですが、命にかかわるような傷ではなかったので、南茅場町《みなみかやばちょう》の大番屋まで行かせました」

町方同心の住む組屋敷のある八丁堀の近くに、仮牢を備えた容疑者を吟味するための大番屋があった。天野はそこで、与之助の手当をさせたのである。

「おまえを襲ったのは、大柄な武士と言ったな」

隼人が念を押すように訊いた。

「はい、遣い手でした」

「おれの前にあらわれた牢人とは、ちがうようだな」

身装《みなり》も、体軀《たいく》もちがっていたので、別人とみていいだろう。ただ、与之助を襲ったのは、隼人の前にあらわれた町人体の男のようだった。

「わたしを待ち伏せていたようです」

「そのようだが、そいつも殺し屋とすると、都合三人ということになるな」

隼人は、九蔵が、閻魔の手先は何人もいるはずだ、と言ったのを思い出した。手先は他にもいるにちがいない。隼人は強大な悪の組織を垣間見《かいまみ》たような気がして身震いした。

隼人が視線を膝先に落として黙考していると、

「他にも、懸念があるのです」

と、天野が不安そうな顔をして言った。

「なんだ」

「わたしが探索から身を引くと、長月さんが孤立してしまいます」

天野によると、横峰にはやる気がないし、他の同心や岡っ引きたちも腰が引けているという。そうなると、本腰を入れて下手人を挙げようとするのは、隼人だけになってしまうというのである。

「覚悟の上さ」

「でも、腕の立つ殺し屋が三人もいるんですよ」

「分かってる。だが、おれは逃げねえぜ。逃げれば、悪党連中の思う壺だ。それに、平気で人殺しをするような悪党をのさばらせておいちゃァ、江戸の町を胸を張って歩けなくなるからな」

ただ、隼人だけ孤立するとは思わなかった。八丁堀の同心はともかく、頼りになる八吉たちがいるのである。

「…………」

天野は隼人の顔を見上げたまま、わたしも動けるようになったら、すぐに探索にくわわりますよ、と小声で言い添えた。

「そのうち、手柄を立てようとわれ先に動き出すさ」

隼人は、他の同心や岡っ引きたちも下手人の姿が見えてきて、ひとりかふたり捕えられれば、本腰を入れて動き出すだろうとみていた。

4

八吉は、日本橋通りの路傍に立っていた。薬種問屋の脇にある天水桶の陰から、斜向かいの松喜屋に目をむけていた。おとせという女中が出てくるのを待っていたのだ。

そろそろ暮れ六ツ（午後六時）で、賑やかだった表通りの人影もまばらになっていた。仕事を終えた職人や大工、帰宅途上の武士、行李《こうり》を背負った行商人などが、足早に通り過ぎていく。

八吉は午後から松喜屋近くで聞き込み、松喜屋には長く奉公しているおとせという通いの女中がいて、店の内情にはくわしいはずだ、との情報を得た。

おとせは、店仕舞いする暮れ六ツごろに松喜屋を出て長屋に帰るとも聞いたので、ここに立っておとせが出てくるのを待っていたのである。

いっときすると、石町《こくちょう》の暮れ六ツの鐘が鳴った。その鐘が合図ででもあるかのように、表店の多くが大戸をしめ始めた。

松喜屋も丁稚らしい男が戸口に出てきて、店仕舞いを始めた。表通りに面した大戸をしめ終えて、しばらくすると、脇のくぐりから風呂敷包みをかかえた女が出てきた。

……おとせだな。

女は、痩せて小柄だった。歳は三十を過ぎていようか。面長で顎がとがっていた。話に聞いていたおとせの容貌《ようぼう》とそっくりである。

八吉は天水桶から出ると、おとせらしい女に近寄った。

「おとせさんかい」

八吉は笑みを浮かべて声をかけた。

「そうだけど。あんた、だれ？」

おとせが怪訝な顔をして訊いた。警戒するような色はなかった。八吉が年寄りだったし、おだやかなそうな物言いをしたからであろう。

「八助《やすけ》ってえ者《もん》だが。おとせさん、松喜屋さんに勤めてるんだろう」

八吉は咄嗟に浮かんだ偽名を口にした。岡っ引きの八吉の名は伏せておきたかったのである。

「そうだけど」

「娘のことで、訊きたいことがあってな。歩きながらでいいんだ」

そう言うと、八吉は懐から巾着《きんちゃく》を出して、波銭を何枚か手にしておとせに手渡した。

「すまないねえ」

おとせが、顔をくずした。おとせにすれば、思わぬ実入りだったのであろう。

「おれの十七になる娘が、松喜屋さんのような大店で奉公してえと言い出してな。呉服屋をしている知り合いに、頼んでみようかと思ったんだが、嫌な話を聞いちまってよ。どうしたものか、迷ってるんだ」

八吉は歩きながらもっともらしいことを言った。おとせは、八吉と肩を並べて歩いてくる。

「嫌なことってなにさ」

おとせが、八吉に顔をむけて訊いた。

「あるじと手代が、殺されたっていうじゃァないか」

「そうなんだよ。旦那はいい人なのにね。ひどい話だよ」

おとせが眉宇を寄せて悲しげな顔をした。どうやら、久右衛門は奉公人たちに好かれていたようだ。

「あるじと手代が死んで店の客が減ったと聞いたが、そうなのかい」

「ええ……。それに妙な噂が立ってね」

おとせは、松喜屋が傷物や汚れ物をごまかして売っていたとの噂が流れていることを話した。すでに、八吉はその噂を聞き込んでいたので、

「そんな噂を、だれが言い出したんだろうな」

と、訊いた。松喜屋にかかわる者が噂を流したのなら、おとせが知っているかと思ったのである。

「大きな声じゃァいえないけど」

そう言って、おとせは通りの左右に目をやった。

町筋は淡い暮色に染まり、ふたりのそばに人影はなかった。

「あたしはね、大黒屋じゃァないかと睨んでるんだよ。大黒屋は、うちの店が繁盛してるのを妬んでたからね」

おとせは目を剝き、声をひそめて言った。

「大黒屋のような大店が、そんなことはしねえだろう」

八吉は首をかしげて見せた。おとせを煽って、さらに話させようと思ったのである。

「大店っていったってね、大黒屋はちかごろ左前だという噂があったんだよ。それが見てよ、うちの客が大黒屋へ流れて、ちかごろ商いを盛り返してるんだから」

おとせが、悔しそうに言った。

「へえ、分からねえもんだな」

八吉は、おとせの目は確かかもしれねえ、と思った。松喜屋の商いがしぼんで、得をするのは商売敵の大黒屋なのである。

「それで、大黒屋のあるじは何てえ名だい」

「仙兵衛《せんべえ》だよ」

おとせは呼び捨てにした。よほど、仙兵衛を嫌っているらしい。

「仙兵衛は、そんな汚《きたね》えことをするやつなのかい」

八吉がさらに訊いた。

胸の内に、久右衛門の殺しを頼んだのも、大黒屋かもしれねえ、との思いがよぎった。ただ、大黒屋のような大店が、殺し屋とつながっているとは思えなかった。

「仙兵衛は親から大黒屋を継いだんだけど、若いときから遊び人でね。吉原《よしわら》には入り浸るし、料理屋には通うしで、勘当寸前だったんだから。先代から店を継いだ後も、商いに本腰を入れなかったから、店がかたむいてきたんだよ」

おとせの顔には憎悪《ぞうお》の色があった。奉公先の商売敵というだけでなく、仙兵衛の人柄も気に入らないようだ。

「いまでも、料理屋へ行くのかい」

八吉は、仙兵衛と殺し屋のような連中とのかかわりができたとすれば、吉原か料理屋ではないかと思った。

「行くようだよ。若いころの遊び癖は、まだ治っちゃァいないんだから」

「大黒屋のあるじともなると、名のある料理屋へ行くんだろうな」

八吉は、仙兵衛が贔屓《ひいき》にしている料理屋を知りたかった。

「料理屋の名は知らないけど、柳橋へよく出かけるって聞いたことがあるよ」

「柳橋か……」

千里屋と万田屋も柳橋である。八吉は、仙兵衛が贔屓にしている料理屋に当たってみる必要があると思った。

ふたりは、日本橋のたもとまで来ていた。おとせは橋の前で足をとめると、

「八助さん、大黒屋の話はもういいでしょう」

と、不審そうな顔をして言った。八吉が松喜屋の内情ではなく、大黒屋のことばかり訊いたからであろう。

「いや、松喜屋さんもごたごたしてるようだ。しばらく、娘の奉公の話は見合わせるよ」

八吉がそう言うと、すぐにおとせが、

「うちの店は、いまそれどころじゃないからね」

そう言い残し、足早に日本橋を渡り始めた。

八吉はその場に佇《たたず》んで、おとせの後ろ姿を見送った。これ以上、おとせから聞き出

すこともなかったのである。

5

よく日、八吉は大黒屋に奉公している下働きの男に銭をにぎらせて、仙兵衛の贔屓にしている料理屋のことを訊いた。

仙兵衛は柳橋や深川にときおり行くらしい、と下働きの男が話したが、料理屋の名までは知らなかった。ただ、仙兵衛は駕籠《かご》で帰ってくることが多いとも口にしたので、八吉は駕籠屋に当たってみることにした。

大黒屋から二町ほど離れた通りの角に辻政《つじまさ》という辻駕籠屋があった。駕籠屋の親爺《おやじ》に、お上の御用であることを匂《にお》わせてから、仙兵衛のことを訊くと、ときおり辻政の駕籠を使うという。

「仙兵衛さんは柳橋や深川の料理屋によく出かけると聞いてるんだが、店は分かるかい」

八吉が訊いた。

「柳橋は千里屋かな」

「千里屋な」

つながった、と八吉は思った。どうつながっているか分からないが、千里屋は身投げした島蔵のことで利助たちが探っていた店である。

「深川は？」

「山本町の河内屋《かわちや》かな」

八吉は河内屋の名だけは知っていた。岡場所が多いことで知られた山本町のなかでも、名の知れた料理茶屋である。

「それで、仙兵衛さんが料理屋に出かけるときはひとりかい」

「いいや、番頭の粂造《くめぞう》さんと出かけることが多いようだな」

「粂造な」

八吉は粂造も洗ってみようと思った。

親爺に礼を言って辻政を出ると、八吉は柳橋に足をむけた。まず、千里屋で探ってみるつもりだった。

八吉は千里屋の前まで行くと、暖簾が出ているのを確認してから裏手にまわった。話の聞けそうな女中か包丁人の見習いでもつかまえて、仙兵衛のことを聞いてみようと思ったのだ。

店の裏手に細い路地があり、路地の向かい側に表長屋や小店がごてごてと軒をつらねていた。その家並の先に大川の川面がひろがっている。

八吉は千里屋の裏手に大川端へ出る石段があるのを目にし、そこに腰を下ろした。大川の流れの音が、低い地鳴りのように聞こえてくる。

小半刻（三十分）ほど待つと、千里屋の裏口から女中らしい年増が小桶をかかえて出てきた。汚れた水を捨てにきたらしく、年増は裏手の泥溝《どぶ》のそばに屈んで、小桶の水を捨てていた。

八吉は立ち上がると、小走りに年増に近付いた。

「姐《あね》さん、ちょいと」

八吉が声をかけた。

「あたしかい」

年増は警戒するような目で八吉を見た。

「八助《やすけ》ってえ者だが、ちょいと話を聞かせてくんな」

八吉は、手間は取らせねえよ、と言って、巾着から波銭を何枚かつまみ出し、年増の手にした小桶のなかへ入れてやった。

「すまないねえ」

年増はそう言って、裏口からすこし離れた。店の者に男と話している声を聞かれたくなかったのかもしれない。

「室町の大黒屋さんを知ってるかい」

「うちのお馴染《なじ》みさんだから、知ってるけど」

年増は不審そうな顔をして、八吉を見た。年寄りの八吉と大黒屋のかかわりが分からなかったのであろう。

「大黒屋の下働きの話があってな。おれもその気になってるんだが、ちかごろ店がかたむいているってえ噂を耳にしたもんで、気になってな。……大黒屋のあるじの仙兵衛さんが、千里屋によく来ると聞いたもんで、話を訊いてみようと思ったのよ」

八吉は、もっともらしい作り話を口にした。

「あたしも、大黒屋さんが左前だって聞いたことはあるけど、そんなふうには見えないよ。それに、ちかごろは客も増えて、持ち直したって話も聞くけどね」

女はそう言うと、小桶のなかの波銭をつまんで袂《たもと》に落とした。

「番頭さんと来るときもあるそうだが、ふたりで飲んでるのかい」

「取引先と飲むこともあるようだし、いろいろだね」

「尾崎屋さんと、いっしょのときはねえかい」

八吉は尾崎屋半十郎のことを訊いてみた。

「あら、よく知ってるじゃないの」

と、女が言った。どうやら、半十郎のことを知っているようだ。

「まァな。番頭の粂造さんから、聞いたことがあるのさ」

八吉はもっともらしい顔をした。

「尾崎屋さんとは気が合うようでね。ときどき、いっしょの座敷で飲むこともあるようだよ」

「やっぱりな」

仙兵衛と尾崎屋半十郎がつながったのである。半十郎は今度の事件にかかわっているとみられていた。となると、仙兵衛が半十郎を通して、殺し屋に久右衛門の殺しを依頼したとも考えられる。

「尾崎屋さんの名は聞いたんだが、どこに店があるか知らねえんだ。おめえ、知ってるかい」

「さァ、あたしも知らないよ。尾崎屋さんと話したことはないもの」

「そうか」

「あたしは、もう行くよ。いつまでも油を売ってると叱られるからね」

女がそう言って、店へもどろうとしたが、

「他の人とも、いっしょに飲むことがあるのかね」

と、八吉は女のそばに身を寄せて訊いた。

「うちの旦那の仙五郎さんも、お相伴《しょうばん》をするときがあるよ」

女は店にもどりながら言った。

「料理屋の旦那が客と飲むのかい」

八吉は、女といっしょ歩きながら食い下がって訊いた。

「仙兵衛さん、長い馴染みだからね。旦那とも懇意にしてるようだよ」

そう言い残し、女は八吉を振り切るようにして裏口から店へもどった。

八吉は千里屋の裏手の路地を歩きながら、

……仙五郎も、事件とかかわりがありそうだ。

と、思った。

6

隼人はおたえに送られ、庄助を連れて八丁堀の組屋敷を出た。五ツ（午前八時）前だった。今日はめずらしく出仕時間に遅れずに、奉行所へ行けそうである。

組屋敷を出て一町ほど歩いたとき、前方から小走りに近付いてくるふたりの町人が目に入った。繁吉と浅次郎である。何かつかんだのかもしれない。隼人は足を速めてふたりに近寄った。

「旦那、お峰の居所をつかみましたぜ」

繁吉が荒い息を吐きながら言った。

「早《はえ》えじゃァねえか」

「へい、ふたりで手分けして探りやした」

そう言って、繁吉は傍《かたわ》らに立っている浅次郎に目をやった。浅次郎も得意そうな顔をしている。

「よし、まず、話を聞かせてくれ」

隼人は路傍に身を寄せた。

すると、庄助が隼人の耳に、旦那、御番所に遅れやすぜ、とささやいた。

「御番所は逃げやァしねえよ」

そう言って、隼人は繁吉と浅次郎に顔をむけた。

「お峰とおせんのことは、奉公先だった千里屋と万田屋の者に訊くのが早《はえ》えと思いやしてね。ふたりで手分けして、聞き込んだんでさァ」

繁吉と浅次郎が交互に、これまでの探索の様子を話した。

繁吉が千里屋を、浅次郎が万田屋を、それぞれ担当して聞き込んだという。その結果、千里屋の包丁人見習いが、お峰は深川、山本町の河内屋で座敷女中をしているらしいと口にした。

繁吉と浅次郎は、さっそく深川へむかった。そして、河内屋で下働きをしている者に、包丁人見習いから聞いていたお峰の人相を話すと、その女なら一月《ひとつき》ほど前から、うちの店で働いてるよ、と教えてくれたという。

そこまで話したとき、隼人が、

「河内屋も、今度の事件にかかわりがあるようだな」

と、口を挟んだ。隼人は、八吉から大黒屋の仙兵衛は河内屋にも飲みに行くらしい、との報告を受けていたのだ。

「それで、どうしたい」

隼人は話の先をうながした。

「へい、あっしと浅次郎は、お峰が店から出てくるのを待って跡を尾けたんでさァ」

お峰は、富岡八幡宮《とみおかはちまんぐう》近くの仁左衛門店《にざえもんだな》という棟割り長屋へ入っていった。

翌日、繁吉と浅次郎は仁左衛門店へ出かけて近所で聞き込み、お峰が一月ほど前に長屋に越してきたことをつかんだ。ただ、長屋ではお峰という名ではなく、お繁《しげ》と名乗っているという。

「お峰の塒もつかんだのか」

「へい」

「でかした。そういうことなら、すぐにもお峰に口を割らせよう」

隼人が褒めると、繁吉と浅次郎は嬉しそうな顔をした。ふたりにとっては、隼人の手先になって初手柄だったのである。

「旦那、御番所は」

庄助が仏頂面して訊いた。

「御番所は後だ。屋敷へもどるぞ」

隼人は、きびすを返して出てきたばかりの屋敷へむかった。

繁吉たち三人が慌てて隼人の後を追ってきた。

「旦那、深川へ行くんじゃァねえんですかい」

繁吉が訊いた。

「この格好じゃァ、八丁堀が調べにきたと教えてやるようなものだぜ」

隼人は、牢人体にでも身を変えて深川へ行くつもりだったのだ。

家へもどった隼人は、驚いて目を剝いているおたえに、

「探索だよ」

とだけ言って、牢人体に身を変えた。

隠密廻り同心は、変装して尾行したり他家へ侵入して探ったりすることがすくなくなかったので、牢人、御家人、雲水などに変装する衣装が用意してあったのである。

隼人は庄助を家におき、繁吉と浅次郎だけを連れて深川へむかった。深川もそれほど遠方ではなかった。八丁堀から橋で霊岸島《れいがんじま》へ出て、永代橋を渡れば深川である。

富岡八幡宮の一ノ鳥居をくぐって、門前通りをいっとき歩くと山本町だった。この辺りは岡場所で知られた地で、通り沿いには料理茶屋、女郎屋、置き屋などが目につき、参詣客や女郎買いの客などで賑わっていた。

「旦那、あれが河内屋で」

歩きながら繁吉が指差した。

戸口は格子戸で、脇の掛け行灯《あんどん》に屋号が記してあった。二階建てで、軒下に提灯《ちょうちん》が下がっている。料理茶屋らしい華やかな店である。

隼人たちは足をとめずに、店の前を通り過ぎた。今日の目当ては、お峰である。

河内屋の前を通りすぎていっとき歩くと、繁吉と浅次郎が左手の路地へまがった。

隼人はふたりの後についていく。表長屋や小体な店がつづく裏路地を一町ほど歩いてから、繁吉たちが足をとめた。

「旦那、あの路地木戸を入った先が仁左衛門長屋でさァ」

「踏み込んでもいいが、騒ぎが大きくなるだろう」

隼人は、お峰を訊問《じんもん》したことを浜六や久右衛門殺しの一味に知られたくなかったのだ。

「この路地の先に稲荷《いなり》がありやす。旦那と浅次郎は、そこで待っててくだせえ」

繁吉が言った。

「あっしが、お峰を呼び出しやすよ」

「そんなことができるのか」

「あっしは、船宿の船頭を長くやってますんでね。お峰のような女を呼び出す手を知ってるんでさァ」

そう言い残し、繁吉はひとりで路地木戸をくぐった。

隼人と浅次郎は、繁吉に言われた稲荷で待つことにした。ちいさな稲荷で、朽ちかけた祠《ほこら》のまわりを樫《かし》や檜《ひのき》がかこっていた。境内《けいだい》は狭かったが、大声さえ出さなければ、人目を避けて訊問できそうである。

繁吉は、昨日長屋の住人から聞いていたお峰の家の腰高障子の前に立った。土間の隅の流し場で、水を使う音がした。お峰が洗い物でもしているらしい。

「ごめんよ」

繁吉は声をかけてから腰高障子をあけた。

お峰は流し場で皿や小丼を洗っていた。朝餉のときに使った食器かもしれない。お峰は振り返り、驚いたような顔をして繁吉を見た。

面長で、目の細い女だった。大年増である。襟元から赤い襦袢《じゅばん》が覗き、かすかに化粧の匂いがした。長年酔客を相手にして生きてきた女特有の荒廃した感じが身辺にただよっていた。

「だ、だれだい、おまえさんは」

お峰の声には、なじるようなひびきがあった。

「へい、吉助《きちすけ》ともうしやす。清水《しみず》の旦那の使いで来やした」

繁吉は満面に笑みを浮かべて言った。吉助は偽名である。

「清水の旦那って、だれだい」

お峰は、手にした小丼を流し場の棚に置きながら訊いた。

「あれ、清水の旦那を知らねえんですか。河内屋で、お峰さんに二度も酌をしてもらったと言ってやしたがね」

繁吉の作り話である。お峰のような座敷女中は、大勢の客と接して酌をする。名を知らない客などいくらでもいるのだ。繁吉はそのことを知っていて、いもしない清水の旦那と口にしたのである。

「そうなの」

お峰のこわばっていた顔が、なごんでいる。繁吉が河内屋の客の使いで来たことを信じたようである。

「清水の旦那は、呉服屋の若旦那でね。お峰さんに、のぼせ上がっちまったらしいんですよ」

繁吉が、もっともらしく声をひそめて言った。

「へえ、そうなの」

「それでね。どうしても、お峰さんに渡してえ物があるから、連れてきてくれって言いやして、あっしを寄越したんでさァ」

「清水の旦那は、どこにいるのよ」

お峰がつっけんどんに言った。尻軽女ではない、と言いたいのかもしれない。

「この先の稲荷で、お峰さんが来るのを待ってるんですがね」

「でもねえ」

お峰は戸惑っているふうだった。

「お峰さん、行かねえと損をしますぜ。若旦那は、門前町の小間物屋で値の張る櫛を買ってやしたからね」

繁吉は上目遣いにお峰を見ながら言った。

「そうなのかい。河内屋の客じゃァ、挨拶だけでもしてこようかね」

お峰はその気になったようである。

「そうしなせえ」

繁吉は先に戸口から出ると、お峰に背を向けてうす笑いを浮かべた。

7

「旦那、来ましたぜ」

境内をかこった樫の葉叢《はむら》の間から、通りを覗いていた浅次郎が声をひそめて言った。

隼人が覗いてみると、繁吉が年増を連れてこっちに歩いてくる。うまく、お峰を連れ出したようだ。

「浅次郎、祠の陰に隠れていよう」

隼人は、稲荷の前で隼人たちの姿を目にすると、お峰が不審を抱くのではないかと思ったのだ。

隼人と浅次郎が祠の脇へまわると、すぐに繁吉がお峰らしい年増を連れて境内に入ってきた。

「だれも、いないじゃないの」

年増が苛立ったような声で言った。

「いるはずなんだがなァ。旦那、出て来てくださいよ」

繁吉が声を上げた。

その声で、隼人と浅次郎が祠の陰から走り出た。ふたりの姿を見たお峰は、その場に立《た》ち竦《すく》んだ。

「し、清水の旦那って、あんたかい」

お峰が声をつまらせて訊いた。まさか、牢人体の男が出てくるとは、思わなかったのであろう。

「生憎《あいにく》だな。おれは清水じゃァねえぜ」

隼人はお峰の前に立ちふさがった。浅次郎が、すばやくお峰の後ろへまわり込む。三人でお峰を取り囲んだのである。

「ちくしょう、あたしを騙したね」

お峰が目をつり上げて怒声を浴びせた。蓮《はす》っ葉《ぱ》な女を剝き出したようである。

「お峰、おれたちはこういう者よ」

繁吉がふところから十手を出して、お峰の鼻先に突き出した。

お峰の顔がこわばった。騙された怒りより、恐怖が強いようだ。

「おれは、八丁堀の長月だ。聞いたことはねえかい。八丁堀の鬼と言えば、分かりが早えかな」

隼人はお峰を正面から見すえて言った。

「き、聞いたことあるよ」

お峰が声を震わせて言った。

「それなら、話は早え。おれが訊くことに、素直に答えてくんな」

「…………」

「身投げした島蔵を知ってるな」

「知らないよ」

お峰は顔をしかめ、吐き捨てるように言った。

「おめえ、大番屋へ行って、おれの拷問《せめ》を受けてみるかい。おれの拷問に耐えてしらを切った者は、ひとりもいねえんだぜ」

隼人がそう言うと、繁吉が脇からお峰の腕をつかんで、いっしょに来い、と言った。

「い、嫌だよ」

お峰が繁吉の手を振り払った。血の気が失《う》せている。お峰はその場につっ立ち、下駄をガタガタと震わせた。興奮と恐怖で、体が顫《ふる》え出したようである。

「それじゃァ、おれの訊いたことに答えな。素直に話してくれりゃァ、おめえはこのまま帰《けえ》すよ。なに、おめえさえ黙ってりゃァ、だれにも分からねえ。いままでどおり、河内屋に勤めることもできるだろうよ」

「わ、分かったよ」

「それじゃァもう一度訊くぜ。島蔵を知ってるな」

お峰は、答える代わりにちいさくうなずいた。

「おめえ、だれの差し金で、島蔵に金を借りさせた」

「そ、それは……」

お峰が言葉につまった。

「尾崎屋半十郎と名乗っていた男だな」

隼人は、尾崎屋半次郎も偽名かも知れないと思っていたのである。

「そうだよ」

お峰が観念したように肩を落としてつぶやいた。

「尾崎屋半十郎は、いまどこにいる」

「河内屋だよ」

「河内屋のあるじか」

お峰は、また答えずにうなずいた。

「あるじの名は」

「伝次郎《でんじろう》だよ」

「河内屋伝次郎か」

どうやら、伝次郎が実名らしい。尾崎屋半十郎は金貸しとしての名であろう。

「それで、万田屋のおせんはどこにいる」

隼人は、おせんのこともお峰が知っているだろうと思った。

「河内屋だよ。あたしといっしょに、河内屋にもどったんだ」

「そうか」

お峰とおせんは、河内屋に勤めていたが、肌を売っていたのかもしれない。ふたりは、伝次郎の言いなりに男を騙して金を借りるように仕向けていたのではあるまいか。

河内屋から千里屋と万田屋に移ったのは、伝次郎の指示にちがいない。伝次郎は鴨《かも》をひろげるために、お峰とおせんを使ったのであろう。

「ところで、伝次郎の配下に腕の立つ牢人がいるな」

このとき、隼人は伝次郎が闇の世界を牛耳《ぎゅうじ》っている黒幕で、高利貸しであると同時に殺し屋の元締めでもあるとみたのだ。

「牢人など、知らないよ」

お峰が声を強くして言った。

「大柄な御家人ふうの男は」

天野を襲ったのは、牢人ではなかった。

「知らないよ。旦那は牢人や御家人などと縁はないもの」

お峰は向きになって言った。

「伝次郎が尾崎屋半十郎の名でやっている裏の仕事は、金貸しだけか」

「そうだよ。旦那はあたしらにも、おれの仕事は金貸しで強請《ゆすり》や人殺しはしない、と言っているもの」

「うむ……」

お峰が嘘を言っているようにも見えなかった。

「それに、旦那が頭《かしら》じゃァないよ」

「なに」

隼人はお峰を見すえた。

「旦那が手下の若い者に、頭に逆らうと、おれの命はねえ、と言ってるのを聞いたことがあるんだ」

お峰は怖気《おぞけ》をふるうように身震いした。

どうやら、伝次郎も黒幕の配下のひとりらしい。

「その頭の名を、聞いたことがあるか」

隼人が訊いた。

「ないよ」

「住家《すみか》は」

「知らないよ」

「何か、頭のことで聞いていることがあるだろう」

「旦那が、聖天町の親分と口にしたのを聞いたことがあるけど」

「聖天町か……」

一味の頭は、浅草聖天町に何かかかわりがあるらしい。

隼人が虚空に目をとめて考えをめぐらせていると、

「話はすんだようだから、あたしは行くよ」

と言って後ずさりし、隼人との間があくと、きびすを返して走りだした。

隼人は追わなかった。

「旦那、お峰を逃がしちまっていいんですかい」

繁吉が戸惑うような顔をして訊いた。

「逃がしたわけじゃァねえ。あの女は、泳がせておくのよ」

お峰は伝次郎の手駒のひとつに過ぎない。そのお峰を捕らえても、聖天町の親分と呼ばれている黒幕まで手はとどかないだろう。それに、お峰が隼人たちに訊問されたことを口にするはずはなかった。そんなことをすれば、お峰が口封じのために殺されるのである。そのことは、お峰も分かっているはずだった。

「繁吉、浅次郎、河内屋の伝次郎をしばらく尾けてみろ」

隼人は、伝次郎が聖天町の親分と接触するだろうと踏んだのだ。

「へい」

「気をつけろ。伝次郎は料理茶屋のあるじの皮をかぶっている極悪人だ」

伝次郎は尾行されていることに気付けば、繁吉たちの命を狙ってくるだろう。

第四章　河内屋

1

「尾崎屋半十郎は、河内屋のあるじだったんですかい」

八吉が歩きながら小声で言った。

「河内屋の伝次郎は高利貸し専門で、殺しは別らしい。黒幕の聖天町の親分と言われている男が、殺し屋の元締めだとみているのだがな」

隼人が言った。

ふたりは千住街道を北にむかって歩いていた。聖天町へ行くつもりだった。昨日、隼人は紺屋町の豆菊へ行き、お峰がしゃべったことを八吉に話すと、そういうことなら明日、聖天町へ行ってみましょう、ということになったのである。

「旦那、久右衛門殺しを頼んだのは、大黒屋だと見てるんですがね」

八吉が歩きながら、大黒屋の主人の仙兵衛と番頭の粂造が千里屋に出入りし、半十郎と名乗っていた河内屋伝次郎と接触していたことを話した。

「伝次郎が聖天町の親分に話し、殺し屋が動いたってわけか」

「やっと、一味の様子が知れてきやしたね」

八吉が隼人に目をむけて言った。

「そうだな」

八吉の言うとおり、おぼろげながら悪党一味の全貌が垣間見えてきたのである。

黒幕は聖天町の親分と言われる男で、伝次郎はその配下であろう。一味は暴利で金を貸し付けたり、金ずくで人を殺したりしているが、他にも様々な悪事を働いているにちがいない。

「こうなると、何としても聖天町の親分を炙《あぶ》り出さなけりゃァなんねえな」

「へい」

八吉が歩きながらうなずいた。

ふたりは、駒形町まで来ると、大川端沿いにひろがる材木町へ入った。千住街道を真っ直ぐ進めば、聖天町へ出る。

聖天町は浅草寺の東にひろがる町で、大川の眺めが美しい待乳山聖天宮《まっちやましょうてんぐう》があることでも知られている。

「旦那、こっちで」

聖天町へ入ってまもなく、八吉が右手の路地へ入った。

小体な八百屋、酒屋、舂米屋《つきごめや》などが軒を並べる細い路地だった。八吉は通り沿いの店に目をやりながら、確かこの近くだったはずだがな、とつぶやいた。

八吉によると、聖天町には源助《げんすけ》という隠居した岡っ引きが住んでいるという。源助は還暦を過ぎた老齢だが、浅草寺界隈《かいわい》のことは自分の家の庭のようによく知っているそうである。それで、まず源助に、聖天町の親分のことを訊いてみようということになったのだ。

「あれだ、あれだ」

八吉が通りの一角にある飲み屋を指差した。

縄暖簾を出した小体な店で、入口の腰高障子に笑福屋《しょうふくや》と記してあった。いかにも、楽しげな感じのする屋号である。

縄暖簾をくぐると、土間にいくつか飯台があり、腰掛け用の空樽《あきだる》が並べてあった。屋号に反して、暗く陰気な感じのする店だった。

まだ、客の姿はなかったが、人はいるらしく、土間の右手で水を使う音がした。そこが板場で、何か洗い物でもしているらしい。

「ごめんよ」

八吉が声をかけた。

へい、という返事が板場で聞こえ、すこし腰のまがった老爺《ろうや》が、濡《ぬ》れた手を前だれで拭《ふ》きながら出てきた。皺の多い、浅黒い顔をした男である。

「お武家かい」

老爺は隼人の姿を見て、驚いたような顔をした。武士が店に来ることは、すくないのだろう。この日、隼人は御家人のような格好をしていたのだ。

「聖天町の、おれだよ」

八吉が声をかけた。

老爺は八吉の顔を瞬《まばた》きしながら見ていたが、

「鉤縄の親分じゃァねえか」

と声を上げ、歯の欠けた口をあけて笑った。この男が源助らしい。

「こちらの旦那は、長月さまだ。八丁堀の鬼といやァ、分かりが早《はえ》えかな」

八吉は、隼人に目をむけて言った。

「ちげえねえ、鬼の旦那だ。十年ほども前になりやすが、旦那の顔をお見かけしたことがありやすよ」

そう言って、源助は隼人にも懐かしそうな目をむけた。

「とっつァんに訊きてえことがあって、旦那をお連れしたんだが、話の前に一杯もらうかな」

八吉がそう言うと、源助は、

「旦那のお口に合うような肴《さかな》があるといいんだが」

と言って、板場へひっ込んだ。

いっときすると、源助は五十がらみと思われる太った女といっしょに酒肴を運んできた。

「おれの嬶《かかあ》だ」

そう言って、源助が女の方に顎をしゃくった。

女は、おときと名乗った。この店は夫婦ふたりでやっているらしかった。肴は鰈《かれい》の煮付けとたくあんだった。

「源助、おめえも一杯やってくんな」

隼人が言うと、源助は目を細めて、

「それじゃァお近付きのしるしに、一杯《いっぺえ》だけ」

と言って、空樽に腰を下ろした。

三人が猪口の酒を二、三杯飲んだところで、

「源助、おめえ、聖天町の親分と呼ばれてる男を知ってるかい」

隼人が切り出した。

すると、源助の顔から拭《ぬぐ》い取ったように笑みが消えた。

源助は細い目をひからせ、薄暗い店の隅にいっとき目をやっていたが、

「噂は聞いたことがありやすよ」

と、つぶやくような声で言った。

「そいつの名は」

「若えころは元次《げんじ》という名だったが、いまは宗右衛門《そうえもん》と名乗ってるはずだ」

「宗右衛門な」

隼人は、初めて聞く名だった。

「宗右衛門だが、どんな男だい」

隼人が訊いた。八吉は猪口を手にしたまま、源助に目をむけている。

「町方も、見て見ぬ振りをするほどの恐ろしい男だよ」

源助が訥々《とつとつ》と話しだした。

元次は聖天町の小料理屋の倅に生まれたという。親父は博奕《ばくち》好きの遊び人で、大川

端にあった古い仕舞屋《しもたや》を安く買取り、改装して賭場《とば》をひらいた。元次は子供のころから賭場に出入りし、十二、三歳になると、体も大柄であったこともあって一端《いっぱし》の博奕打ちのようになっていた。残忍な性格にくわえ悪知恵の働く男で人殺し以外の悪事は何でもしたが、うまく立ちまわり、町方の世話にはならなかった。そして、二十二、三歳のころ父親が死に、賭場を引き継いだ。

「そのころから、元次はちいせえ賭場の貸し元では満足できなくなり、手先を使って金になる悪事を働くようになりやした」

元次は、賭場の客に暴利で金を貸し付けたり、娘を騙して女郎屋に売ったり、商家を強請《ゆす》ったり、金になることは何でもしたという。何度か、町方の世話になるような事件も引き起こしたが、元次はおもてに出ず、手先にやらせていたので、町方の手も元次まではとどかなかったそうである。

「十四、五年前になりやすか。元次が、ぷっつりと姿を消しやした」

大川端で、大店の旦那が殺され、初めは辻斬りではないかと見られていたが、何者かが金ずくで殺しを請け負ったことが分かった。さらに探索をつづけると、殺しを請け負ったのが元次らしいということになり、町方が身辺を洗い出した。すると、元次は町方の手が迫ってきたのを察知したらしく、行方をくらましてしまったという。

「その後は、まったく姿を見せやせん。ですが、宗右衛門と名を変え、料理屋のあるじや隠居した商人を装い、手下を使って悪事を働いていると聞いていやす」

「町方が、宗右衛門の探索に二の足を踏んでるのはどうしてだい」

隼人は、横峰や探索に尻込みしている岡っ引きは、背後に宗右衛門がいることに気付いているのではないかと思った。

「宗右衛門が、怖《こえ》えからですよ」

源助によると、宗右衛門の配下には腕の立つ殺し屋が何人もいて、岡っ引きだろうが、町方同心だろうが、自分の身が危ないと思えば始末してしまうという。

「御番所の横峰さんを知ってるな」

「へい」

「横峰さんは、宗右衛門がかかわった事件を探索したことがあるんじゃァねえかい」

「あるはずですよ。もっとも、途中で手を引いちまったようですがね」

源助の顔に揶揄するような笑いが浮いた。
七、八年も前のことだが、商家の主人が殺されたことがあり、それを横峰が探索していたという。ところが、横峰の手先のひとりが、何者かに斬り殺された。それを機に、横峰は探索の振りだけで、腰が引けてしまったという。

「横峰の旦那も、宗右衛門が怖くなったにちげえねえ」

源助が言い添えた。

「それで、尻込みしてるのか」

隼人は、そんなことだろうと思っていた。

「今度の件も、浜六ってえ腕利きの岡っ引きが殺られたからでしょうよ」

源助がそう言って、首をすくめた。

「ところで、宗右衛門だが、いまどこにいるのか知っているか」

隼人が声をあらためて訊いた。

「聖天町を出たことは、まちげえねえが、いまの塒は分からねえ」

「見当もつかねえのかい」

「へえ、やつは聖天町にいるときも、親分の住家とは思えねえようなちいせえ店を隠れ蓑にして住んでやしたからね」

表向きは、裏路地の小間物屋、小料理屋、古着屋など、こんな店にと思われるような小体な店を手下や情婦《いろ》にやらせ、その主人として暮らしていたという。

「その裏で、浅草、本所、深川一帯を仕切っているのかい」

「それも、手下にやらせてね」

「金貸しに、金ずくの殺し、他にも手を出しているのか」

「賭場もひらいてるはずですぜ。やつは、賭場の貸し元でのし上がってきた男ですからね」

「賭場か」

浅草、本所、深川にある賭場を手繰れば、宗右衛門の隠れ家をつきとめることができるかも知れない、と隼人は思った。

「宗右衛門の人相を話してくれ」

「眉《まゆ》の太い、目のギョロリとした男だが、いまはすこし変わっているかも知れやせん」

「年の頃は」

「五十がらみで」

「分かった」

それから小半刻（三十分）ほどして、隼人は腰を上げた。

「源助、助かったぜ」

隼人は、飲《の》み代《しろ》だ、と言って、飯台の上に一分銀を置いた。話を聞かせてくれた礼のつもりである。

「旦那、気をつけなせぇよ。宗右衛門は恐ろしい男だ」

源助が隼人の顔を見上げて言った。

2

隼人と八吉は、諏訪町《すわちょう》の大川端を歩いていた。聖天町から八丁堀へ帰る途中である。まだ、西の空には残照があったが、表店の軒下や物陰には、淡い夕闇が忍び寄っていた。そろそろ暮れ六ツ(午後六時)である。

川沿いの道には、ぽつぽつと人影があった。忍び寄る夕闇に急《せ》かされるように、急ぎ足で通り過ぎていく。

隼人と八吉の後ろを町人体の男が尾けていた。牢人とふたりで隼人の前にあらわれた町人体の男である。だが、身装《みなり》はこれまでとちがっていた。菅笠をかぶり、手甲脚《てっこうきゃ》半《はん》姿で風呂敷包みを背負っていた。行商人ふうの格好である。町人体の男は、隼人に気付かれぬよう身装を変え、跡を尾けまわしていたのだ。隙をみて、隼人を始末しようと思っていたのである。

隼人も八吉も、尾行されていることに気付いていなかった。ふたりは事件のことを話しながら大川端を歩いていた。

町人体の男は、隼人たちが大川端を両国方面にむかって歩いて行くのを確認すると、右手の路地へ駆け込んだ。

隼人たちは千住街道へ出てしばらく歩き、浅草御門の前を右手にまがった。そこは神田川沿いの道で、湯島方面へつづいている。

八丁堀へ出るには、両国へ出て内神田の町筋を日本橋方面へたどるのが早かったが、隼人は紺屋町の豆菊へ立ち寄ってから帰ろうと思い、八吉の帰り道に合わせたのである。

神田川沿いの道は、淡い暮色に染まっていた。暮れ六ッを過ぎ、通り沿いの表店も大戸をしめて店仕舞いしている。ひっそりとして人影もなく、川岸の葦を揺らす風音と神田川の流れの音だけが聞こえていた。

ふたりが神田川沿いの道をしばらく歩いたとき、

「旦那、だれか来やすぜ」

八吉が小声で言った。

それとなく、後ろを振り返ると、風呂敷包みを背負った行商人ふうの男がすこし前屈みの格好で歩いてくる。

「ただの鼠《ねずみ》じゃァねえな」

隼人は大川端で出会った町人体の男とは思わなかったが、男の身辺に獲物を追う野犬のような雰囲気がただよっているのを感知した。

「尾けているようには、見えねえが」

八吉が訝《いぶか》しそうな顔をして言った。男は身を隠そうともせず、十間ほどの距離をとったまま歩いてくる。

「何か仕掛けてくるかも知れねえぜ」

隼人は、殺し屋のひとりではないかと思ったのだ。

「旦那、橋の近くにもいやすぜ」

八吉が前方を指差した。

見ると、神田川にかかる新シ橋《あたらばし》のたもとちかくに、二刀を帯びた長身の武士がひとり立っていた。立っていたというより、右手の路地からいま出て来たように見えた。

「ひとりじゃァねえ」

長身の武士につづいてふたり、通りへ出てきた。ふたりとも総髪で、大刀を一本落とし差しにしていた。牢人のようである。

「あの三人、先まわりしたようだぜ」

三人は背後から行商人ふうの男と挟み撃ちにするつもりで、路地をたどって隼人たちの前に出たようだ。

「どうしやす」

八吉がけわしい顔をして訊いた。

「やるしかねえな。八吉、鉤縄を持ってきたかい」

「へい」

「ひとりに投げ付け、隙を見て逃げてくれ」

八吉の遣う鉤縄は威力がある。細引の先についた鉄製の熊手のような形をした鉤が相手の顔や胸に当たれば、卒倒するだろう。

そのとき、背後の男が背負っていた風呂敷包みを路傍に投げ捨て、かぶっていた菅笠を取った。

「やつは、大川端で出会った男だぜ」

隼人は、町人体の男が隼人の命を狙って仕掛けてきたことを察知した。

と、町人体の男が走り出した。それと合わせるように、前方の三人も小走りに近寄ってくる。

「八吉、来るぞ!」

隼人は神田川を背にして立った。背後からの攻撃を避けるためである。八吉は隼人の左手にまわり、懐から鉤縄を取り出した。

前方から走り寄った三人は、隼人と八吉を取り囲むように三方に立った。二刀を帯びた長身の武士も、近くで見ると牢人らしいことが分かった。無精髭《ぶしょうひげ》が伸び、小袖も袴もよれよれである。

三人は血走った目をしていた。その身辺には荒《すさ》んだ雰囲気がただよい、いずれも一目で徒牢人《いたずらろうにん》と分かる男たちだった。腹を空かせた野犬のようである。

背後から走り寄った町人体の男は三人の後ろに立ち、懐に右手をつっ込んだまま刺すような目で隼人を見つめている。この場は三人にまかせる気なのか、それとも隙を見て襲いかかるつもりなのか。いずれにしろ、すぐに動く気配はなかった。

「てめえら、金で買われた犬だな」

隼人は、三人の牢人は殺し屋ではないとみた。おそらく、町人体の男に金を渡されて斬るよう頼まれたのだろう。

「問答無用！」

隼人の正面に立った長身の男が抜刀した。つづいて左右に立ったふたりも抜き放ち、切っ先を隼人にむけた。

「八丁堀の鬼に、刀をむけるたァいい度胸してるぜ」

言いざま、隼人も兼定を抜いた。

隼人の言葉に、三人の男の顔に驚きの色が浮いた。八丁堀の者とは、思ってもみなかったのであろう。

だが、驚きの色はすぐに消え、全身に殺気がみなぎった。ここは、隼人たちふたりを斬るしかないと思ったようだ。

3

正面に立った長身の男が八相、左右の男は青眼《せいがん》だった。長身の男は腰の据わった隙のない構えをしていたが、左右のふたりは腰が浮き、剣尖《けんせん》が揺れていた。それほどの腕ではないようだ。

ただ、三人とも気は昂《たかぶ》っていたが、真剣勝負の怯《おび》えはないようだ。おそらく、こうした斬り合いを何度か経験したことがあるのだろう。

……侮《あなど》れぬ。

と、隼人は思った。

左右のふたりは喧嘩殺法だろうが、身を挺《てい》して斬り込んでくるだろう。そうした捨て身の一撃には威力があるのだ。

八吉は懐から鉤縄を取り出し、肩先でちいさくまわし始めた。それを見た左手にいた男は、切っ先を隼人ではなく、八吉にむけた。ただの年寄りの町人ではない、と分かったのであろう。

隼人は青眼から切っ先をすこし下げ、正面に立った男の胸のあたりにつけていた。切っ先がかすかに揺れている。斬撃の起こりを迅《はや》くするために、切っ先を上下させているのである。

前方の男が、摺り足でジリジリと間合をせばめてきた。その動きと呼応するように、右手の男も間をつめてくる。

隼人は前方の男に目をむけていたが、右手の男の動きも視界の端でとらえていた。

前方の男が寄り身をとめた。斬撃の間境の手前だったが、男の全身に気勢が満ち、斬撃の気配が見えた。

……誘いだ。

と、隼人は察知した。

前方に対峙した男が斬り込んでくると見せ、隼人が動いた一瞬の隙を衝いて、右手の男が斬り込んでくるのである。

前方の男が半歩踏み込みざま、ピクッと肩先を下げた。斬撃の起こりを見せたのである。

その動きにつられるように、隼人は青眼から刀身を脇に引いた。隼人が前方の男の動きに、反応したように見せたのである。

刹那《せつな》、甲高い気合を発し、右手の男がはじかれたように斬り込んできた。

青眼から真《ま》っ向《こう》へ。踏み込みざまの斬撃だったが、それほど迅い動きではなかった。

この斬撃を読んでいた隼人は脇へ体を寄せざま、脇から刀身を横に払った。

隼人の手に骨肉を断つ手応えがあった。

踏み込んできた男が絶叫を上げて、のけ反った。次の瞬間、右の二の腕から血が飛び散った。隼人の切っ先が腕の骨肉を斬り裂いたのである。

男は刀を取り落とし、たたらを踏むようによろめいた。男は左腕で右腕を押さえ、呻《うめ》き声を上げながら路傍へ逃れた。だらりと垂れたままの右腕が血に染まっていた。腕の皮肉が残り、截断されずにぶら下がっている。

隼人の動きはそれでとまらなかった。素早い体捌《たいさば》きで反転すると、振りかぶって斬り込んできた前方にいた男に切っ先をむけた。

タアアッ！

鋭い気合を発し、前方にいた男が袈裟に斬り込んできた。

隼人は刀身を払って、男の斬撃をはじいた。

青火が散り、甲高い金属音がひびき、ふたりの刀身がはじき合った。同時に、ふたりは背後に飛びざま、二の太刀をふるった。

隼人は相手の手元へ。

前方にいた男は横にはらって胴を斬ろうとした。

隼人の切っ先は前方にいた男の右手の甲を深くえぐり、男の切っ先は隼人の袖口をかすめただけだった。

間合の差だった。隼人は伸ばした敵の手元を狙い、敵は身を引いた隼人の胴を狙ったからである。

前方にいた男は大きく間合を取って青眼に構えたが、切っ先が笑うように震えていた。右手の甲を抉《えぐ》られ、思うように構えられないのだ。

「おのれ！」

前方にいた男は目をつり上げて叫んだ。

気が昂り、体まで顫えだした。こうなると、力みで体が硬くなり、構えも体捌きも思うようにできなくなる。

一方、八吉は隼人が斬り込むのを目の端でとらえると、右手でまわしていた鉤を左手にいた男の胸にむかって投げた。

かすかに大気を裂く音がし、細引の先の鉤が鉄礫《てつつぶて》のように男の胸元を襲った。

一瞬、男は夕闇にまぎれた黒い鉤を見失ったようだ。男は刀身を左右に振って鉤をはじこうとしたが、胸部を直撃された。

ドスッ、というにぶい音がし、後ろへよろめいた。男は足を踏ん張って体勢を立て直したが、刀を構えようとしなかった。低い唸《うな》り声を上げ、左手で胸を押さえてつっ立っている。肋骨をくだかれたようだ。

八吉は、すぐに細引をたぐり、ふたたび右腕で鉤をまわし始めた。ヒュン、ヒュンと鉤の大気を裂く音が聞こえた。

それを見て、男は恐怖に顔をゆがめ、八吉から逃げるように後じさった。戦う気も失せたようである。

突如、男は喉の裂けるような悲鳴を上げて逃げだした。つづいて、右腕を斬られた男がよろめきながら後を追った。ふたりが逃げだしたのを見た町人体の男は舌打ちし、反転して駆けだした。

もうひとり、隼人と対峙していた男も、逃げようとしてきびすを返した。

「おめえは、逃がさねえよ」

言いざま、隼人は兼定を峰に返し、男の胴へ刀身を打ち込んだ。

グッ、と喉のつまったような呻き声を上げ、男の上半身が折れたように前にかしいだ。隼人の峰打ちが、腹に食い込んだのである。

男は腹を押さえてうずくまった。苦悶に顔をしかめている。

隼人は男の首筋に切っ先を当てると、

「おめえの名は」

と、訊いた。

「し、渋谷《しぶや》又三郎《まさぶろう》……」

渋谷はうずくまったまま絞り出すような声で言った。

「渋谷、おれたちを狙ったのは、どういうわけだ」

「か、金だ。十両で請け負った」

「十両だと。安く見積もったもんだな」

「ただの御家人と聞いたからだ」

「逃げたふたりは、おめえの仲間か」

「そうだ。青木《あおき》と米山《よねやま》だ」

渋谷によると、三日前、三人で日本橋小網町の飲み屋で飲んでいると、町人体の男が来て、妹を手籠《てご》めにした御家人を討ってくれれば、十両出すと言われて承知したという。そして、今日、町人体の男に、いっしょに来てくれと言われて浅草御門の前まで来た。すると、町人体の男は、敵の御家人はここを通るはずだから、しばらく待ってくれ、と言い残して浅草寺の方へむかった。

半刻（一時間）ほどすると、町人体の男が駆け戻ってきて、浅草御蔵の方から来る隼人と八吉を指差し、あの男だと言い、物陰に隠れて隼人たちをやり過ごしてから跡を尾けたという。

「そんなことだと思ったぜ。それで、町人体の男の名は」

隼人が語気を強めて訊いた。

「浜六と名乗ったが……」

「浜六だと。ふざけた名を遣いやがって」

偽名である。自分たちで殺した浜六の名を遣ったようだ。

「おれも、浜六は本名ではないと思った。……小網町で飲んでいたとき、何か知らせに来たらしい若い男が、藤次《とうじ》兄い、と呼んだのを聞いたのでな、藤次があいつの名だろう」

渋谷の声が、いくぶん平静になってきた。腹部の痛みが治まってきたのだろう。ただ、右手の甲からは、まだ血が滴り落ちていた。

「旦那、藤次がやつの名ですぜ」

脇にいた八吉が、藤次という匕首を遣う殺し屋がいると聞いたことがありやす、と言い添えた。

「藤次か」

やっと、殺し屋のひとりの名が分かった。

そのとき、渋谷が右手の甲を左手で押さえながら立上がり、おれを、逃がしてくれ、と声を震わせて言った。

「うせろ！」

隼人が吐き捨てるように言った。

渋谷はよろめきながら、隼人から離れていった。その後ろ姿が濃い夕闇につつまれていく。

「豆菊で、一杯やらせてくれ」

隼人は懐紙で刀身の血をぬぐいながら言った。

「へい」

ふたりは、暮色につつまれた神田川沿いの道を歩きだした。

4

「兄い、腹がへりやしたね」

浅次郎が、上目遣いに繁吉を見ながら言った。

「そうだな。昼めしを食ってねえからな」

繁吉も空腹だった。

ふたりは、斜向かいに河内屋の店先が見える小料理屋の陰にいた。その小料理屋はつぶれたらしく、表戸はしまったままで住人のいる様子はなかった。ふたりはその店の陰に隠れて、伝次郎が店から出てくるのを待っていたのである。

ふたりが、この場に身をひそめるようになって五日経つ。この間、伝次郎は子分らしい男を連れて、三度店から出てきた。ふたりは跡を尾けたが、三度とも探索の役に立つような結果は得られなかった。一度は富岡八幡宮へのお参りで、他の二度は柳橋の千里屋と万田屋へ行ったのだ。

ふたりは、伝次郎を尾けて一味の頭目である聖天町の親分こと宗右衛門の住家をつかみたかったのである。すでに、ふたりは八吉から宗右衛門の名を聞いていたのだ。

七ツ（午後四時）ごろだった。山本町の門前通りは参詣客や遊客で賑わっていた。

「兄い、めしでも食ってきますかい」

浅次郎が生欠伸《なまあくび》を嚙み殺しながら言った。

「いいだろう」

そう言って、繁吉が小料理屋の陰から出ようとした。

その足がふいにとまり、やつが出てきたぜ、と小声で言った。見ると、河内屋の店先に恰幅のいい男の姿があった。羽織に縞柄の小袖姿で、大店の旦那ふうに見える。

遠方で顔ははっきりしなかったが、伝次郎にまちがいない。

伝次郎は子分らしい男をふたり連れていた。ふたりとも着物を裾高に尻っ端折りし、脛を出していた。遊び人ふうである。

「どうしやす」

浅次郎が訊いた。

「めしは後だな」

繁吉は、今日は伝次郎の様子がいつもとちがうと感じた。これまでは、店の若い衆《し》らしい男をひとり連れていただけなのだ。

伝次郎たち三人は、富岡八幡宮の方へむかって歩いていく。柳橋とは方向がちがう。

繁吉と浅次郎は、小料理屋の陰から門前通りへ出た。伝次郎たちが半町ほど遠ざかってから、跡を尾け始めた。尾行は楽だった。門前通りは大勢の人が行き交っていたので、通行人にまぎれて歩いていれば、気付かれることはなかったからである。

伝次郎たちは、富岡八幡宮の前を通り過ぎた。参詣に行くのでもないようだ。

「やつら、どこへ行くんだ」

浅次郎が歩きながら言った。

「聖天町の親分の住家かもしれねえぜ」

繁吉は期待した。これまでの三度の尾行のおり、伝次郎は八幡宮から先に行ったことがなかったのだ。

伝次郎たちは三十三間堂の前も通り過ぎ、掘割にかかる汐見橋を渡った。その辺りは入船町である。通りの左右は小体な店や仕舞屋などがつづき、ちらほらと人影があった。

入船町に入ってしばらく歩くと、伝次郎が右手の路地へまがった。すると、ふたりの男は足をとめ、路地の入口に立った。

……見張りだ！

繁吉は察知した。

ふたりの男は、路地の入口に立ったまま通りの左右に目をやっている。付近に尾行者や岡っ引きがいないか、確認しているようだ。

繁吉は浅次郎の袖を引き、慌てて通り沿いにあった下駄屋の店先に立った。浅次郎もふたりの男が見張り役であることに気付いたらしく、いかにも客らしく下駄を手にして見ている。

「綺麗な鼻緒でしょう。それを頂いたら、きっと喜びますよ」

店先に出てきた親爺が浅次郎の手にした下駄を見ると、満面に笑みを浮かべて言った。

浅次郎が手にしていたのは、赤い鼻緒の女物の下駄だった。浅次郎が、思いを寄せた女にでも買ってやると思ったらしい。

「やめとこう」

浅次郎は、慌てて手にした下駄をもどした。

そのとき、路地の入口に立っていたふたりの男の姿が消えた。路地から入っていったらしい。

「親爺、また来るぜ」

繁吉がそう言い残し、その場を離れた。

浅次郎も慌てて繁吉の後を追った。背後で、なんだい、ひやかしかい、とぼやく親爺の声が聞こえた。

繁吉たちが路地の入口まで行ってみると、遠ざかっていくふたりの後ろ姿が見えた。そこは小体な店や表長屋などのつづく狭い路地で、人影もまばらで所々に空地や藪《やぶ》などもあった。

繁吉たちは店の脇や路傍の樹陰などに身を隠しながら、ふたりの男の跡を尾けた。ふたりの男は、二町ほど歩くと板塀をめぐらせた仕舞屋ふうの家の枝折り戸《しおど》を押してなかへ入っていった。家の左右は空地と藪になっている。

繁吉たちは板塀のそばまで行き、慌てて路地沿いに繁茂していた笹藪の陰へ身を隠した。枝折り戸の脇に若い男が立っていたのだ。ただし、跡を尾けてきたふたりの男とは別人だった。

「浅次郎、やつも見張りだぜ」

繁吉が声をひそめて言った。

「やけに、用心してやがる。あそこが、聖天町の親分の住家ですかね」

浅次郎が訊いた。

「さァな」

繁吉はちがうような気がした。八吉から聞いた話では、宗右衛門は親分の住居とは思えないような小体な店を隠れ蓑にしているそうである。ところがこの家は度が過ぎると思うほど、警戒が厳重なのだ。

「どうしやす」

藪の陰に身を屈めたまま浅次郎が訊いた。

「しばらく様子を見てみよう」

繁吉は、家からだれか出てくるのではないかと思ったのである。

それから、繁吉と浅次郎は一刻（二時間）ちかくも、その場に身を隠して板塀をめぐらせた家を見張っていた。

すでに、暮れ六ツ（午後六時）過ぎ、辺りは暮色に染まっていた。板塀でかこった家からかすかに灯《ひ》が洩れている。

「兄い、出てきた！」

浅次郎が声を殺して言った。

枝折り戸から出てきたのは、ふたりだった。ふたりとも四十がらみ、羽織に小袖姿だった。小店の主人か職人の親方のような格好である。

ふたりは何か話しながら、繁吉たちのひそんでいる藪のそばを通りかかった。

小柄な男が、ついてねえ、とぼやくように言った。すると、もうひとりの小太りの男が、まァ、深入りしねえことだ、入れ込んで、てめえの娘を女郎屋に売ったやつもいるからな、そう言って、苦々しい顔をした。

……博奕だな。

繁吉はすぐに分かった。どうやら、板塀でかこった家は賭場らしい。ふたりの男は客である。

ふたりの姿が遠ざかると、繁吉と浅次郎は藪の陰から出た。

「兄い、これからどうしやす」

浅次郎がげんなりした顔で言った。よほど腹がへったのだろう。腹をへこまし、上体を折るように前にまげている。

「まず、めしだ」

「へい」

ふたりは、足早に入船町の表通りへむかった。

翌日、繁吉と浅次郎は、ふたたび入船町へ足を運んできた。そして、板塀をかこった家から出てきた若い職人ふうの男をつかまえ、繁吉が博奕を打ちにきたと偽って話を訊くと、盆茣蓙《ぼんござ》に三、四十人も座れるような大きな賭場で、貸元は為蔵《ためぞう》と呼ばれている五十がらみの男とのことだった。

「聖天町の親分の賭場だと聞いたんだがな」

繁吉が、それとなく訊いた。

「そう言えば、為蔵親分は若いころ聖天町にいたと聞いたことがあるな」

男が首をひねりながら言った。はっきりしないのだろう。

「大柄で、目のギョロリとした親分じゃァねえかい」

繁吉は、八吉から聞いていた宗右衛門の容貌を口にした。

「ちがうな。為蔵親分は痩せていて目が細《ほせ》え」

そう言うと、男は顔をこわばらせ、おれは、行くぜ、と言い残し、小走りに繁吉のそばから離れていった。繁吉の問いに、町方の訊問のような匂いを嗅ぎ付けて怖くなったのかもしれない。

5

隼人は繁吉と浅次郎をともなって、大川にかかる永代橋を渡っていた。日本橋から深川へむかっている。

繁吉たちが、入船町で為蔵の賭場をつきとめた翌日だった。繁吉たちは、ともかく隼人に知らせておこうと八丁堀へ来たのだ。

ふたりから話を聞いた隼人は、宗右衛門とかかわりのある賭場にちがいないと確信した。そして、入船町へ出かけ、為蔵の手下をつかまえて吐かせ、宗右衛門のかかわりをはっきりさせようと思った。うまく行けば、宗右衛門の隠れ家もつきとめられるかもしれない。

「旦那、捕方《とりかた》を集めねえんですかい」

永代橋を渡りながら、繁吉が訊いた。賭場を手入れし、為蔵と手下をつかまえると思ったらしい。

「まだ、できねえ。為蔵をお縄にしても、聖天町の親分に逃げられちまっちゃァなんにもならねえからな」

それに、浜六や久右衛門を手にかけた殺し屋たちも捕らえることができなくなる。宗右衛門と殺し屋たちを捕縛しないことには、隼人もうかうか町を歩けないのだ。

隼人たちは永代橋を渡って深川へ出ると、大川沿いの道をしばらく河口へむかい、左手にまがって富岡八幡宮の門前通りへ出た。

三人は河内屋の前もそのまま通り過ぎ、汐見橋を渡って入船町へ入った。入船町の表通りをしばらく歩いて下駄屋の前まで来ると、繁吉が、

「あの路地を入った先でさァ」

と、指差した。

「賭場へ案内してくれ」

隼人は、ともかく賭場を見てみようと思ったのである。

繁吉が先頭に立ち、三人は細い路地の前後に目をやりながら賭場へむかって歩いた。

そして、繁吉たちが身を隠していた笹藪のそばまで来ると、繁吉と浅次郎が足をとめ、

「旦那、あれが為蔵の賭場で」

繁吉が板塀でかこった仕舞屋ふうの家を指差した。

「なるほど、賭場にはいい場所だ」

家のまわりは、空地で笹藪や雑草でおおわれていた。すこし離れた場所に裏店があったが、ここでの声はとどかないだろう。それに、表通りからそれほど離れていないので、客を集めやすかった。

辺りに人影はなく、賭場からも話し声や物音は聞こえてこなかった。

「まだ、賭場をひらくには早え《はえ》」

四ツ（午前十時）ごろだった。賭場の客が来るのは、これからであろう。

「どうしやす」

「そうだな。近くに人目を避ける稲荷か寺でもあると都合がいいんだが……。探してみるか」

隼人は賭場へ出入りしている為蔵の手下を連れ込んで、話を訊こうと思ったのである。

三人は笹藪のそばから離れ、表通りへつづく路地の左右に目をやりながら歩いた。

「旦那、あそこにお堂がありやす」

浅次郎が空地の先を指差した。

見ると、朽ちかけたちいさな地蔵堂がある。その堂へつながる小径《こみち》もあった。堂のなかに入ることはできないだろうが、裏手へ連れていけば、人目に触れずに訊問できそうである。

隼人たちは念のため地蔵堂のそばまで行き、堂のまわりを一回りしてから表通りへ出た。

「そばでも食うか」

まだ、時間は十分にあった。腹ごしらえをして、長丁場に備えるのである。

三人は表通りのそば屋で、半刻（一時間）ほど過ごしてから、賭場の見える笹藪の陰へもどった。

まだ、賭場をひらくには早いようだが、為蔵の手下は支度を始めるだろう。家から出てくる手下もいるはずである。

隼人たちがその場に身を隠して、小半刻（三十分）ほどしたとき、枝折り戸から若い男がひとり出てきた。弁慶格子《べんけいごうし》の単衣を裾高に尻っ端折りし、脛を露《あらわ》にしていた。若い男は、隼人たちの方へ小走りにやってくる。賭場の兄貴分に使い走りでも命じられたのかもしれない。おそらく、三下であろう。

「あいつを、つかまえよう」

隼人が、ふたりは後ろへまわってくれ、と言い置いて、笹藪の陰から出た。

若い男は前方に立ちふさがった隼人を見て、ギョッとしたように立ち竦んだ。逃げようとはしなかった。この日、隼人は牢人体の格好をして来ていたので、町方とは思わなかったのだろう。

「何か、用ですかい」

若い男は警戒するような目を隼人にむけた。

「なに、用というほどのことではないがな。おれといっしょに来てくれ」

「どこへ」

「来れば分かる」

「冗談じゃァねえ、旦那、あっしは忙しいんだ」

若い男は苛立ったように言って、隼人の脇を擦《す》り抜けようとした。

そのときだった。隼人の腰が沈み、腰元から閃光《せんこう》が疾《はし》った。体をひねりながら抜刀したのである。次の瞬間、隼人の切っ先が男の喉元へ伸びていた。

ヒイッ！

若い男は目を剝いて首を伸ばし、凍りついたようにつっ立った。

すると、背後にまわった繁吉と浅次郎が、若い男の両側に身を寄せて男の腕を取った。

「いっしょに来な」

隼人は切っ先を若い男の脇腹に当てて、地蔵堂へ連れていった。

堂の裏手に行き、隼人が切っ先を引くと、

「お、おめえは、だれだ」

若い男が、蒼ざめた顔で訊いた。

「おれか、こんな身装《なり》してるが、八丁堀の者よ。長月だが、八丁堀の鬼と言えば、分かりが早《はえ》えだろう」

「八丁堀の鬼……」

若い男の顔が紙のように蒼ざめ、体が顫えだした。博奕打ちの親分の手先にとって、隼人はまさに鬼のように怖い存在だった。

「さて、それじゃァ、話を聞かせてもらおうか。まず、おめえの名だ」

「と、利根助《とねすけ》だ」

利根助が声を震わせて言った。

「おめえ、為蔵の手下だな」

「し、知らねえ」

利根助は恐怖に顔をゆがめながら首を横に振った。賭場の親分の手下と分かれば、敲《たたき》ぐらいでは済まないと思ったのだろう。

「おめえ、おれが八丁堀の鬼と呼ばれてるわけを知らねえようだな」

そう言うと、隼人は兼定を抜いて切っ先を利根助の首筋に当てた。そして、切っ先を引いて、うすく皮肉を裂いた。

利根助は首を伸ばして凍りついたように身を硬くし、わなわなと顫えだした。首筋から赤い簾《すだれ》のように血がいくつかの筋になって流れ落ちた。

「話さねえなら、手に余ったということで、このまま首を落としてもいいんだぜ」

隼人がそう言って、もう一度切っ先を利根助の首筋に当てると、

「は、話す、話す！」

利根助が声をつまらせて言った。思ったより、意気地のない男である。

6

「それじゃァもう一度訊くぜ。為蔵の手下だな」

隼人が声をあらためて質した。

「そ、そうだ」

「おめえ、手下になって何年ほど経つ」

隼人は利根助の首筋から刀身を引いた。

「三年だ」

「三年もいりゃァ、知ってるだろう。為蔵は若いころ、聖天町にいたそうだな」

そのことは、繁吉から聞いていた。

「飲んだとき、親分がそう言ったのを聞いたことがある」

「聖天町の親分のことを知っているか。名は宗右衛門だ」

「き、聞いたことがあるが、会ったことはねえ」

利根助の声が震えた。宗右衛門を恐れているのかもしれない。

「為蔵は宗右衛門の子分じゃァねえのかい」

「そ、そうらしい。聖天町の親分に、賭場を任されていると言ってやした」

「睨んだとおりだな」

隼人には、宗右衛門を親分とする一家の組織が見えてきた。おそらく、為蔵は宗右衛門が聖天町にいたころからの子分で、片腕のような存在なのだろう。

宗右衛門は賭場を為蔵にまかせ、もうひとりの片腕とも言える伝次郎に金貸しをやらせているのだ。そして、宗右衛門自身は表に出ず、ひそかに殺し屋をあやつって殺しを請け負うと同時に、宗右衛門の身辺を探るような町方を始末しているのであろう。

「宗右衛門の隠れ家は、どこにある」

隼人が利根助を見すえて訊いた。

「し、知らねえ。嘘じゃァねえ。おれは、聖天町の親分の顔を見たこともねえんだ」

利根助が向きになって言った。

どうやら、利根助は知らないらしい。もっとも、江戸の闇に身を隠し、九蔵のような男にさえ隠れ家をつかませなかったのである。自分の直《じか》の子分でもない利根助のような若造に、隠れ家を知られるようなへまはしないだろう。

「ところで、為蔵の身内だが何人ほどだ」

隼人は別のことを訊いた。

「いつも、親分のそばにいるのは七、八人だが、声をかけりゃァ十四、五人は集まるはずだ」

「為蔵の身内に、藤次という男はいねえか」

隼人は、三人の殺し屋のうちひとりぐらいは為蔵の賭場にいるのではないかと思ったのだ。

「いねえ」

利根助がはっきりと答えた。

「牢人はどうだ」

「用心棒ならいる」

「どんな男だ」

「うす気味悪い男で、あまり口をきかねえ。いつも、博奕を見ながら酒を飲んでるよ」

「そいつは中背で胸が厚く、黒鞘の大刀を落とし差しにしてねえか」

隼人は大川端で出会った牢人の風貌を口にした。

「そうだ」

「そいつの名は」

「仲間うちでは、首斬り惣兵衛《そうべえ》と呼ばれてるぜ」

「首斬り惣兵衛か」

まちがいない。浜六や久右衛門の首を刎た男である。

利根助によると、牢人の名は桑島《くわしま》惣兵衛で、三日に一度ほど賭場に顔を出すが、後はどこにいるのか知らないという。

「もうひとり、御家人ふうの男が賭場へ顔を出すだろう」

「神山孫八郎《かみやままごはちろう》さまのことか」

「その男は大柄か」

「そうだ」

「まちがいないようだな」

これで、殺し屋三人の名が分かった。町人体の男が藤次、牢人が首斬り惣兵衛と呼ばれている桑島惣兵衛、それに御家人ふうの神山孫八郎である。それに、桑島と神山がときおり為蔵の賭場へ顔を出すことも分かった。

「旦那、あっしの用は済みましたかい」

利根助が、隼人に媚《こ》びるような目をむけて訊いた。

「用は済んだが、このまま無罪放免にしたら、おめえのためにならねえなァ」

そう言いざま、隼人は右手に提げた兼定を振り上げて横に払った。

瞬間、利根助の身が凍りついたように固まった。

利根助の頰《ほお》に赤い線がはしり、たらたらと血が流れ落ちた。利根助は驚怖に目を剝き、息を吞んでいる。

「かすり傷だよ。おめえが悪事を働かねえように、お呪《まじな》いをしてやったのさ」

「へえ……」

咄嗟に、利根助は隼人の言った意味が分からなかったようだ。

「その顔で、おめえは為蔵の賭場には帰れねえぜ。親分に頰の傷を訊かれたら、どうする。刀傷であることは、すぐに分かるぜ。おれが為蔵だったら、脅された傷だと見るな」

「…………！」

利根助は蒼ざめた顔でつっ立っている。

「だれにやられたか、為蔵はかならず訊くぜ。まさか、八丁堀にやられたとは言えまい。だがな、為蔵は、金や喧嘩の揉め事とは思わァねえ。おめえに口を割らせるためにやったとみるだろうよ。……おめえが町方に吐いたことが分かりゃァ、生きちゃァいられねえぜ。為蔵のそばには、殺しを仕事にしてる怖《こえ》えやつが、ごろごろしてるはずだ」

「ど、どうすりゃァいいんだ」

利根助が声を震わせて訊いた。

「足を洗うしかねえなァ。為蔵から離れるんだよ」

隼人は、若い利根助を助けてやろうと思ったのである。

「そんなことはできねえ。為蔵親分が許しゃァしねえ」

利根助は泣きだしそうな顔をして、首を横に振った。

「許すも許さねえも、為蔵の命は長くはねえ。それに、おめえがこのまま為蔵の手下として賭場にいりゃァ、おめえもいっしょに土壇場で首を落とされるかもしれねえぜ」

隼人の声には強いひびきがあった。

「た、助けてくれ」

利根助が悲鳴のような声を上げた。

「助かりてえなら、ここから逃げるしかねえ」

「だ、旦那、おれを見逃してくれるのか」

利根助が、すがりつくような声で言った。

「行け、しばらく深川には帰ってくるな」

「へ、へい」

利根助が、弾《はじ》かれたように駆けだした。

その姿が小径の先にちいさくなると、

「やろう、このまま賭場へ駆け込むようなことはねえでしょうね」

繁吉が、つぶやくような声で言った。

「やつも、為蔵の許に帰りゃァどうなるか、分かってるさ。それにな、いま、やつをしょっ引くことはできねえんだ。利根助が捕縛されたことを為蔵が知れば、賭場をとじて姿を消しちまうからな。そうなりゃァ、聖天町の親分も伝次郎もお縄にできなくなる」

隼人は、雑魚《ざこ》より大物だよ、とつぶやいて、堂の陰から小径へ出た。繁吉と浅次郎が跟いてくる。

第五章　隠れ家

1

　八吉は、仙台堀沿いの道を歩いていた。

　初夏の陽射しが堀の水面に反射《はね》て、金箔《きんぱく》を流したように輝いていた。ときおり通りかかる猪牙舟が、水面の眩《まばゆ》いひかりを乱して行く。

　風のない静かな午後である。八吉は、仙台堀にかかる海辺橋にむかって歩いていた。橋のたもとに、権助《ごんすけ》という男が女房とふたりでやっている笹野屋《ささのや》という小体なそば屋があるはずだった。八吉は権助に会いに来たのである。

　権助は海辺橋の周辺の伊勢崎町、西平野町、万年町などで顔を利かせている地まわりだった。いまは、おとなしく女房とふたりでそば屋をやっているが、深川周辺の岡場所、賭場などに明るい男である。

　八吉は隼人から三人の殺し屋のことを聞き、権助なら、藤次は知らなくとも入船町の賭場に出入りしている桑島惣兵衛と神山孫八郎のことは、知っているのではないかと思ったのである。

八吉が権助と会ったのは、六、七年前である。八吉が現役の岡っ引きだったころ、追っていた人殺しが深川今川町の賭場にいるとの密告《たれこみ》があり、八吉は捕方のひとりとして賭場へむかった。そのとき、権助は客として賭場にいたが、八吉の前に飛び出してきた権助を見逃してやったのだ。

八吉にすれば、人殺しの捕縛が目的だったので博奕の常習者以外は見逃すつもりだったのだが、それを権助は恩に着て、八吉が深川界隈に聞き込みにまわると、進んで情報を提供してくれるようになった。もっとも権助の方も、八吉と話すことで町方の情報を得ようとする節《ふし》がないではなかった。

「ここだ、ここだ」

見覚えのある店だった。

店はひらいているらしく暖簾が出ていた。客もいるようで、なかから人声も聞こえてきた。

「ごめんよ」

八吉は暖簾を分けて店に入った。

土間の先が追い込みの座敷になっていて、職人らしい男がふたりそばをたぐっていた。客はそれだけである。

土間の右手が板場になっていて、そこから初老の男が出てきた。艶《つや》のある赤ら顔に見覚えがあった。権助である。

「紺屋町の旦那、おめずらしい」

権助は八吉の顔を見て、相好《そうごう》をくずした。権助も、すこし老けたらしく、鬢や髷に白髪《しらが》が目立つようになっていた。

権助は人前で八吉のことを親分と呼ばなかった。八吉が岡っ引きであることを、隠そうとしたからである。

「繁盛してるようだな」

「ぼちぼちでさァ」

「おれが隠居したのを知ってるだろう」

八吉は、岡っ引きをやめてから権助と会っていなかったのだ。

「へい、噂は耳にしやした」

「おれも、いまはおめえと同じで、嬶の店を手伝ってるのよ」

「そうですかい。それで、座敷にしやすか」

権助が訊いた。

追い込みの座敷の奥に、馴染み客用の小座敷があった。八吉は事件の聞き込みのために権助の店に立ち寄るときは決まって、奥の小座敷を使った。

権助はそのことを覚えていて、八吉が事件の探索のために来たのかどうか確かめたのである。

「座敷がいいな。そばを頼むが、その前に一杯《いっぺえ》やるかな」

「へい」

権助は、座敷に上がっていてくだせえ、と八吉に言ってから、板場へもどった。

八吉が小座敷でいっとき待つと、権助が酒肴を運んできた。肴といっても、青柳《あおやぎ》と葱《ねぎ》の味噌《みそ》和《あ》えの小鉢だけである。

「まァ、一杯」

そう言って、権助が銚子を取った。

八吉はついでもらった猪口の酒を飲み干した後、

「お上の御用の足は洗ったんだが、長月の旦那との腐れ縁でな」

と、声をひそめて言った。

「分かってやすよ。旦那も足腰が丈夫なうちは、長月の旦那との縁は切れねえんでしょうよ」

権助が笑みを浮かべて言った。権助は隼人のことも、知っていたのである。

「それでな、おめえに訊きてえことがあって、足を運んできたのよ」

「旦那の役に立つようなことを知ってるか、どうか」

権助は首をひねって見せた。

「為蔵の賭場を知っているか」

八吉は単刀直入に訊いた。

「へえ、まァ、噂だけは」

権助は曖昧《あいまい》に答えた。いまは賭場と縁がないことを、八吉に言いたかったのであろう。

「その賭場に、出入りしているやつだがな。桑島惣兵衛と神山孫八郎を知ってるかい」

「名だけは聞いておりやす」

権助の顔から笑みが消えた。目がけわしくなり、地まわりらしい凄味《すごみ》のある顔に変わった。

「ふたりの塒を知らねえか」

「そこまでは、あっしも分からねえ」

「情婦《いろ》はどうだ。ふたりが行きつけの店でもいいんだがな」

桑島と神山に情婦がいれば、そこからたぐる手もある。

「情婦の話も聞いたことがねえが……。ただ、神山は若いころ神田豊島町の剣術道場に通っていたと聞いたことがありやすぜ」

「そうか」

剣術道場から手繰れそうだ、と八吉は思った。

「ところで、聖天町の親分のことを知ってるな。名は宗右衛門だ」

「噂は聞いたことがあるが……」

権助の顔がこわばった。その顔に、怯えの色がある。聖天町の親分の名は、権助のような男を怯えさせるほどの威力があるようだ。宗右衛門には闇の世界を牛耳っている隠然たる勢力にくわえ、情け容赦なく人を殺す残酷さがあるからであろう。

「宗右衛門の隠れ家を知らねえか」

八吉は念のために訊いてみた。

「知らねえ。聖天町の親分の塒を知ってるのは、手下のなかでも何人もいねえはずだ」

権助が低い声で言った。

「藤次という手下は？」

「名は聞いている」

「塒はどうだ」

「知らねえ。……藤次は聖天町の親分のそばにいる時が多いと聞いてるぜ。親分の塒にいっしょにいるんじゃァねえのかな」

「そうかもしれねえ」

町人の宗右衛門と桑島や神山がいっしょだと、人目を引くだろう。宗右衛門が腕の立つ手下をそばに置いておくとすれば、藤次であろう、と八吉も思った。

それから半刻（一時間）ほどして、八吉は腰を上げた。権助に余分の金を渡し、小座敷から出ようとすると、

「旦那、気をつけなせえよ。聖天町の親分は怖え男だ」

権助が身を寄せてささやいた。

2

翌朝、八吉は八丁堀にむかった。権助から聞き込んだことを隼人の耳に入れておこ

うと思ったのである。

隼人が出仕するであろう五ツ（午前八時）前に、隼人の屋敷の近くの路傍に立って
しばらく待つと、庄助を従えた隼人が木戸門から出てきた。

「八吉か、早いな」

隼人は八吉の姿を見ると、先に声をかけた。

「旦那の耳に、入れておきたいことがありやしてね」

八吉が小声で言った。

「歩きながら話そう」

隼人がそう言うと、庄助は気を利かせて、すこし後ろへ下がった。

「何かつかんだようだな」

隼人は、八吉が事件のことで報《し》らせにきたことを察した。

「へい、神山をたぐる糸をつかみやした」

そう言って、八吉は権助から聞き込んだ経緯を話した。

「若いころ、神田豊島町の剣術道場に通っていたというのか」

隼人は、豊島町の剣術道場を知っていた。

一刀流の町道場で、柴田《しばた》喬四郎《きょうしろう》という男が道場主である。ただ、柴田道場に神山と

いう門弟がいたかどうかは知らなかった。

隼人が柴田道場のことを話すと、

「その道場からたぐれば、神山の住家が分かるはずですぜ」

と、八吉が言った。

「八吉、ここから先はおれがやろう。野上《のがみ》どのに聞けば、分かるかもしれない」

隼人は剣術道場からたぐるなら、自分の仕事だと思ったのである。

野上孫兵衛《まごべえ》は、本所石原町に直心影流の町道場をひらいている遣い手だった。

隼人は少年のころから直心影流の団野《だんの》道場に学んだが、当時野上は兄弟子だったのだ。野上が十数年前に独立して石原町に道場をひらいたのを機に、隼人はときおり野上道場に通って稽古《けいこ》をつけてもらうようになった。そうしたこともあって、隼人は野上と昵懇《じっこん》にしていたのだ。

「このまま本所へまわろう」

隼人が、急に足をとめた。

すると、庄助が慌てて走り寄ってきて、

「旦那、御番所はどうするんで」

と、訊いた。どうやら、隼人たちの話が聞こえていたようである。

「巡視が先だ。庄助、おまえもいっしょに来い」

「承知しやした」

庄助が首をすくめて言った。不服そうな顔をしたが、何も言わなかった。せっかくだから奉行所に立ち寄ってから行けばいいのに、とでも思ったのであろう。

隼人たち三人は、日本橋の町筋を抜け、両国橋を渡って本所へ出た。大川端を川上にむかってしばらく行けば、野上道場のある石原町へ出る。

隼人は道場に着くと、八吉と庄助にしばらく待っているように言い置いて、戸口からなかに入った。

道場には野上と師範代の清国新八郎《きよくにしんぱちろう》がいた。すでに、午前の稽古は終えたようで、道場内に門弟の姿はなかった。ふたりは、稽古着姿で直心影流の組み太刀の稽古をしていたらしい。

ふたりは隼人の姿を目にすると、構えていた木刀を下ろした。

「長月、いいところに来た。すこし、汗をかくか」

野上が木刀を手にしたまま近寄ってきた。

野上の額に汗が浮いていた。五十半ばで、鬢や髷には白髪も見られたが、老いた様子はまったくなく活力に満ちていた。偉丈夫とあいまって、堂々とした迫力と剣の達人らしい威風がただよっている。

「いえ、今日は庄助と八吉もいっしょでして」

隼人はお上の御用で来たことを匂わせた。野上は庄助と八吉を知っていたので、すぐにそれと分かるはずである。

「また、捕物の話か」

野上は苦笑いを浮かべ、まァ、入れ、と言って、隼人を道場に入れた。

「わたしは、失礼しましょう」

清国は隼人と野上に一礼すると、道場の脇の着替えの間へむかった。

清国は二十代半ばで、野上道場の門弟のなかでは出色の遣い手であった。野上には妻子がいなかったので、御家人の冷や飯食いである清国を養子にむかえて道場を継がせたい肚《はら》があるようなのだ。

「さて、話を聞こうか」

野上が道場の床にどっかりと座った。

隼人は兼定を右手の膝脇に置いて対座し、

「豊島町の柴田道場をご存じでしょうか」

と、切り出した。

「知っているが。柴田道場がどうかしたのか」

「柴田道場に神山孫八郎なる門弟がいたはずですが、その名に覚えは」

現在、神山は門弟ではないだろう、と隼人はみていた。

「神山なら知っているぞ。もっとも、会ったことはないがな」

野上の顔に不機嫌そうな表情が浮いた。

「どんな男か、話していただけますか」

「おれもくわしいことは知らんが、評判はよくないな」

野上の話によると、神山は御家人の次男だそうである。

神山の父親は、冷や飯食いの神山の身を立てさせるには、剣でも学ばせるしかないと考え、一刀流の柴田道場に通わせたらしいという。

若いころ、神山は稽古に出精し、しだいに腕を上げて師範代にも三本のうちの一本は取れるほどになった。

ところが、二十三、四歳のころから暮らしが急に荒れてきたという。原因は自分の将来に悲観したためらしい。

「神山は腕を上げたが、師範代を越えるほどではなかった。自力で道場をひらくこともできず、剣名を上げて仕官することもできず、このまま剣術の稽古をつづけても貧乏御家人の冷や飯食いとして、惨《みじ》めな一生を送らねばならぬ。そう気付くと、剣術の稽古が馬鹿らしくなったのだろうな」

神山は道場をやめ、悪い仲間と付き合うようになって酒や女の味を覚えた。そのうち、賭場へも出入りするようになり、遊ぶ金を手にするために賭場の用心棒をしたり、商家に因縁《いんねん》を付けて金を脅し取ったりするようになった。

「ちかごろ、噂を聞かなくなったが、三、四年前には、辻斬りをしているのではないかという噂まで耳にしたことがある」

「そうですか」

おそらく、神山は為蔵の賭場へ出入りしているときに宗右衛門と知り合い、殺し屋として金ずくで人を斬るようになったのであろう。

「それで、神山が何かしたのか」

野上が訊いた。

「天野を襲って、怪我を負わせたのです」

隼人は、大した怪我ではありませんが、と言い添えた。

野上は天野のことを知っていたので、神山がなぜ天野を襲ったのかは推測するはずである。

「そうか。あの男は、いつか町方の世話になるだろうと思っていたがな」

野上が渋い顔をして言った。

「ところで、神山の住居をご存じですか」

隼人が訊いた。

「道場をやめてから三年ほどして、馬喰町《ばくろちょう》の借家に移り住んだと聞いたがな。くわしいことは分からん」

「馬喰町ですか」

それだけ分かれば、神山の住家を探し出せるだろう。

隼人は念のため、桑島惣兵衛のことも訊いてみたが、野上は知らないようだった。

「助かりました」

隼人は野上に礼を言って、腰を上げた。

道場の戸口まで送ってきた野上は、

「しばらく稽古に来んが、体がなまってしまうぞ」

と、笑いながら言った。

「ちかいうちに、野上どのに絞ってもらいますよ」

隼人は、そう言って道場を出た。

3

隼人の姿を見ると、八吉と庄助が走り寄ってきた。戸口で待っていたらしい。

「神山の住家が、つかめそうだぞ」

隼人は大川端を両国橋の方へ歩きながら、八吉に野上から聴取したことをかいつまんで話してやった。

「旦那、それだけ分かれば、すぐに突きとめられやすぜ」

八吉が目をひからせて言った。

「これから、馬喰町へ行くが、その前に腹ごしらえをしようではないか」

すでに、九ツ（正午）を過ぎていた。隼人は馬喰町で聞き込みを始める前にそばでも食おうと思ったのである。

「あっしも、お供させていただきやす」

後ろから庄助が声を上げた。こういう話には、すぐに乗り気になる。

隼人たちは、両国橋の東の橋詰にあったそば屋に立ち寄った。これからの聞き込みのことを考えて、酒は飲まなかった。

両国橋を渡り、両国広小路の雑踏を通り抜けて、浅草御門の前から左手の表通りへ入った。日本橋方面にしばらく歩けば、馬喰町である。

馬喰町へ入ると、隼人が路傍に足をとめて言った。

「三人で、雁首《がんくび》揃えて歩きまわることもねえ。七ツ（午後四時）の鐘を合図に、馬場に集まることにして、ここで別れようじゃァねえか」

郡代屋敷のそばに馬場があった。待ち合わせるには、いい場所である。

「分かりやした」

八吉が言い、庄助もうなずいた。

ひとりになった隼人は裏路地へ入り、近所の住人が立ち寄りそうな八百屋、酒屋、舂米屋などを探した。

すこし歩くと、八百屋があった。店先の台の上に青菜、牛蒡《ごぼう》、筍《たけのこ》などが並べられ、笊《ざる》に入った豆類も売られていた。店の奥には樽に入った漬物類が置かれ、漬物の匂いがただよっていた。

近所の女房らしい大年増が、初老の親爺相手に夢中になってしゃべっていた。青菜を手にしているところを見ると、すでに買い求めた後らしい。

「ごめんよ」

隼人が声をかけると、おしゃべりをしていたふたりが振り返った。

ふたりは驚いたような顔をして口をつぐんだが、すぐに不安そうな表情が浮いた。無理もない。隼人は一目で八丁堀同心と分かる格好で来ていたのだ。

「訊きたいことがある」

隼人はけわしい顔をして親爺の前に立った。八丁堀同心と分かっているなら、権高《けんだか》に出た方が話は訊きやすいのだ。

すると、親爺としゃべっていた大年増は、怯えたように顔をこわばらせて、あたしは、行くよ、と言い残し、慌てて店から出ていった。

「どのような御用でございやしょう」

親爺が緊張した面持ちで訊いた。

「豊島町にある剣術道場のことを知っておるか」

馬喰町は、豊島町から近かった。剣術に縁のない者でも、道場のことは知っているだろうと思ったのだ。

「へえ、名は聞いておりやすが」

「その道場に神山孫八郎なる者が門弟として通っていたのだが、神山のことを知っているかな」

「いいえ」

親爺は怪訝そうな顔をして首を横に振った。八百屋の親爺には縁のない話だと思ったようだ。

「神山は道場をやめてから、馬喰町に住むようになったそうだ。借家を借りてな」

「へえ」

親爺は困ったような顔をして隼人を上目遣いに見ている。何を訊かれているか、分からないらしい。

「御家人のような身装《みなり》をした大柄な男でな、借家に独り住まいのようだ。評判はよくない。噂を聞いたことがあろう」

「名は知らねえが、借家に独り住まいのお侍なら知っていやす」

親爺が顔を上げて言った。

「大柄な男か」

「へい」

「その借家は、どこにある」

隼人は、神山であろうと思った。

「確か、三丁目で馬場の近くだと聞きやしたが、あっしは借家を見たことはねえ」

親爺はそう言って首をかしげた。

それだけ訊けば十分だった。馬場近くで聞き込めば、神山の住家が知れるだろう。

隼人は、さっそく馬場近くへ行き、通り沿いにあった酒屋に入った。店先にいた若い奉公人に八百屋の親爺と同じことを訊くと、

「神山さまのお住まいは、その先にある下駄屋の脇の路地を入ったところです」

と、通りを指差しながら言った。

隼人はすぐに下駄屋へむかった。なるほど、下駄屋の脇に細い路地があり、十数間先の突き当たりに小体な仕舞屋があった。古い家屋で、生活の匂いが感じられなかった。いかにも男の独り住まいといった感じがする。

隼人が下駄屋の脇から通りを覗いていると、背後で足音がした。八吉である。

「旦那、来てやしたか」

八吉が走り寄ってきた。どうやら、八吉も神山の住家を聞き込んで、ここまでたどってきたらしい。

「あの家のようだな」

隼人が路地の先の家屋を指差した。

「旦那の格好は、すぐに八丁堀と知れやす。あっしが、見てきやしょう」

「邪魔したな」

そう言い残し、八吉は小走りに路地の先の家屋にむかった。

八吉は家屋のそばまで行くと、戸口の脇の戸袋に身を寄せてなかの様子を窺《うかが》ってい
たが、いっときすると、隼人のそばにもどってきた。

「だれか、いやすぜ」

八吉が目をひからせて言った。家のなかで、人の動く気配と物音がしたという。た
だ、神山かどうかは分からない。

「まちがいあるまい」

酒屋の奉公人は、神山の名まで口にしたのである。

「どうしやす」

八吉が訊いた。

「今日のところは、これまでだな」

隼人は、とりあえず神山を泳がせて宗右衛門の隠れ家をつきとめようと思った。

隼人と八吉が、馬場の方へ歩き出すと、通りの先に庄助の姿が見えた。通りの左右
の店を覗きながら、こっちへやってくる。

庄助は前からくる隼人たちに気付くと、走り寄ってきた。

「どうした」

隼人が訊いた。

「へい、この辺りに下駄屋があり、脇の路地を入った先に神山らしい男が住んでいると聞きやしてね。下駄屋を探してたんでさァ」

庄助がもっともらしい顔をして言った。

「下駄屋も、神山の住家も分かった」

隼人が言うと、庄助は驚いたように目を剝いたが、

「後れをとっちまったか」

と言って、渋い顔をした。自分が真っ先に神山の住家をつきとめたかったのであろう。

4

隼人は羊羹色《ようかんいろ》の着古した小袖によれよれの袴姿で路傍に立っていた。八丁堀風の小《こ》銀杏髷《いちょう》も登太に頼んで、牢人らしく結い直している。

隼人が立っていたのは、馬喰町三丁目の神山の住家の近くである。路傍に枝葉を繁茂させた椿《つばき》があり、その陰から下駄屋の脇の路地を見張っていたのだ。

陽は西の空へまわり、通りは表店の長い影におおわれていた。もう小半刻（三十

分）も経てば、暮れ六ッ（午後六時）になるだろう。

……そろそろ出てくるころだがな。

隼人は路地に目をやりながらつぶやいた。

隼人たちが神山の住家をつきとめた後、八吉がさらに近所で聞き込み、神山は暮れ六ッごろになると、借家から出かけることが多いことをつかんだ。そこで、暮れ六ッごろに的を絞って、神山の跡を尾けてみることにしたのである。

隼人ひとりではなく八吉も来ていたが、八吉は別の場所にひそんでいた。それというのも、借家の前に脇道があり、そこをたどると別の路地へ出られるようになっていたからである。

いっときすると、西側の家並の先に陽が沈み、辺りがすこし暗くなったように感じられた。樹陰や表店の軒下などに淡い夕闇が忍び寄っている。

まだ、暮れ六ッの鐘はならなかったが、通りの人影はめっきりすくなくなった。気の早い店は店仕舞いを始めたらしく、引き戸をしめる音が聞こえてきた。

そのとき、路地から武士体の男があらわれた。大柄で、二刀を帯びた御家人ふうの武士である。

……来たな！

神山である。

隼人は、神山が半町ほど先へ行ってから表通りへ出た。隼人が神山の跡を尾けて歩きだしたとき、暮れ六ツの鐘が鳴った。通りの表店の多くが店仕舞いを始め、遠近《おちこち》から大戸をしめる音が聞こえだした。

神山は両国広小路の方へ歩いていく。前方に浅草御門が見えてきたとき、隼人は背後から走り寄る足音を聞いた。八吉だった。

「やっぱり、旦那の方へ来やしたね」

八吉が小声で言った。八吉のひそんでいた場所から借家を出た神山の姿が見え、下駄屋の方へむかったので、後を追いかけてきたという。

「八吉、間を取ろう。おめえが、やつを尾けてくれ」

隼人はふたりそろって尾けると、神山が振り返ったとき、不審を抱くだろうと思った。それに、八吉は隼人よりも尾行が巧みだった。隼人は後方から、八吉を尾ければいいのである。

「承知しやした」

そう言うと、八吉は足を速めて隼人の前へ出た。

神山は両国広小路を抜け、両国橋を渡って本所へ出た。両国橋の東の橋詰を右手にまがり、大川端を深川の方へむかって歩いていく。

しだいに暮色が濃くなり、大川端の人影はまばらになった。前を行く八吉は、物陰や通りすがりの者の陰へまわったりして神山を尾けていく。

神山は御舟蔵の前を通り、小名木川《おなきがわ》にかかる万年橋を渡った。そして、前方に仙台堀にかかる上ノ橋が見えてきたとき、神山が足をとめて背後を振り返った。

遠方のためはっきりしなかったが、隼人の目に神山が尾行者がいないか確認しているように見えた。そのとき、八吉は表店の軒下をたどるようにして尾けていたので、神山の目には入らなかったようだ。

辺りはだいぶ暗くなり、夜陰が通りをつつんでいた。物陰の闇に入れば姿が見えないはずである。

神山は、すこし足を速めて川下の方へ歩いていく。上ノ橋を渡り、今川町から佐賀町へ入った。佐賀町をいっとき歩くと、神山はまた足をとめて背後を振り返って見た。

そして、すぐに左手にまがった。路地へ入ったようだ。

前を行く八吉が走り出した。神山の姿が見えなくなったからである。

隼人も走った。神山の姿が消えた辺りまで来ると、路地の角にあった店の脇に八吉の姿があった。軒下の闇に身を沈めるようにして路地の先に目をやっている。隼人もすぐに、路地を見たが、神山の姿はなかった。

「旦那、あそこに提灯の灯《ひ》が見えるでしょう。やつは、あそこに入って行きやした
ぜ」

八吉が小声で言った。

狭い路地で、すでに夜陰につつまれていた。十間ほど先だろうか。その夜陰のなか
に提灯の灯が落ちていた。小体な飲み屋か小料理屋のようである。

「馴染みにしている女でもいるのかな」

隼人は、神山が酒を飲むためにだけ立ち寄ったとは思えなかった。

「そうかもしれやせん」

八吉は凝《じっ》と路傍に落ちている灯に目をむけていたが、

「ちょいと、様子を見てきやす」

そう言い残し、足音を忍ばせて提灯を点《とも》している店先へ近付いた。

八吉は店の脇まで行くと、足をとめて軒下の闇に身を隠した。八吉はその場から店
の様子を窺っていたが、いっときするときびすを返してもどってきた。

「旦那、飲み屋のようですぜ」

八吉によると、縄暖簾を出した飲み屋で、入口の腰高障子にだるま屋と記してあっ

たという。

「客が何人かいるらしく、話し声が聞こえやした」

「どうするかな」

隼人は、神山が飲みにきたのなら一刻(二時間)は出てこないのではないかと思った。

「旦那、もうすこし待ちやしょう。あっしは、飲みに来ただけじゃァねえような気がしやす」

八吉が夜陰を見つめながら言った。

そのとき、腰高障子のあく音がし、神山が姿をあらわした。つづいて、町人体の男が出てきた。

……藤次だ!

隼人は胸の内で叫んだ。

その痩身で、すこし猫背の体軀に見覚えがあった。大川端で出会った町人体の男である。

藤次は手ぬぐいを肩にかけ、前だれをかけていた。客ではないようだ。この店の板場にいるのかもしれない。

……ここが、隠れ家かもしれぬ。

と、隼人は思った。

宗右衛門は、こんな店に、と思われるような小体な店や小料理屋などに身を隠していると聞いていた。

目の前にあるだるま屋は、まさに宗右衛門の隠れ蓑にふさわしい店である。それに、宗右衛門の身辺にいると思われていた藤次がいるのだ。

そのとき、藤次が、旦那、お気をつけて、と神山に声をかけた。すると、神山が、頭によろしくな、と言い残して、店先を離れた。

藤次は、すぐに店に入ってしまったが、神山は隼人たちのいる方へもどってきた。

「旦那、隠れねえと」

八吉は慌てて表店の大戸に身を寄せ、軒下闇に隠れた。隼人も、八吉の脇に身を隠して息をひそめていた。

表通りへ出てきた神山は、すぐ近くにいた隼人たちに気付かず、大川の川下へむかって歩き出した。

その後ろ姿が、夜陰のなかに遠ざかっていく。

「旦那、尾けやしょう」

八吉が立ち上がった。

「待て、八吉」

隼人は歩き出そうとした八吉をとめた。

「今夜はここまでだ。だるま屋が、大狸《おおだぬき》の巣かも知れねえぜ」

隼人が夜陰に目をひからせて言った。


翌日、隼人と八吉はふたたび佐賀町に足を運んできた。そして、だるま屋の近所でそれとなく聞き込むと、店の様子がだいぶ分かってきた。

店主は栄造《えいぞう》という五十がらみの大柄な男だという。ただ、栄造はあまり表には出ず、店の切り盛りはおれんという年増の女将がしているそうである。

隼人が立ち寄った酒屋のあるじに栄造の人相を訊くと、

「眉の太い、目のギョロリとした方ですよ」

あるじが、首をすくめるようにして答えた。

まちがいない。年齢も、人相も宗右衛門とぴったりと合う。栄造は偽名にちがいない。

さらに話を訊くと、店には栄造、おれん、藤次、それに大年増のお松《まつ》という女中がいるだけだという。藤次は梅吉《うめきち》と名乗っているそうである。

「あの店に、牢人や御家人ふうの武士が、ときおり顔を見せると聞いたのだがな」

隼人がそう訊くと、

「おれんさんが、目当てでしょうかね。お武家さまが好むような店ではありませんが」

そう言って、酒屋のあるじは口元に卑猥《ひわい》な笑いを浮かべた。

5

「どうだ、天野、刀は遣えるか」

隼人が訊いた。

この日、隼人は天野の怪我の様子を確かめるために、天野の家へ来たのである。すでに天野は奉行所に出仕していたが、隼人は天野と会っていなかったのだ。それというのも、隼人は奉行所へ行かない日が多かったし、たまに同心詰所に顔を出しても、天野は巡視に出かけた後だったりしたからである。

「この通りです」

天野は立ち上がって、両肩をまわして見せた。

「それなら大丈夫だ」

「はい、刀も存分に遣えます」

「実は、おまえを襲った男が知れてな」

　そう前置きして、隼人はこれまでの探索でつかんだことをかいつまんで話した。

「さすが、長月さんだ。大物一味を探り出しましたね。聖天町の親分こと、宗右衛門ですか」

天野が昂った声で言った。

「一味を捕縛する前におまえの力を借りて、神山を先に捕りたいのだ」

「神山ひとりを先に捕るのですか」

「そうだ」

神山だけを先に捕縛する理由はふたつあった。

ひとつは、天野の手で神山を捕縛させ、傷を負わされた仇《あだ》を討たせてやりたかったこと。もうひとつは、宗右衛門の影に怯えて尻込みしている町方の尻をたたくことであった。宗右衛門の配下の殺し屋である神山を天野が捕縛し、宗右衛門をはじめとする一味の隠れ家が知れれば、横峰や岡っ引きたちも、奮起するだろうと踏んだのである。

　ただ、神山を捕らえた後、すぐに宗右衛門たちを捕縛するためには、捕方が敏速に動かなければならなかった。神山が町方に捕らえられたことを知れば、宗右衛門が姿を消す恐れがあったからである。

　そのため、隼人は事前に奉行の筒井と相談し、当番与力の了承も得た上で、捕方の手筈《てはず》をととのえてから仕掛けるつもりだった。これだけの大捕物になれば、当然与力の出役も仰がねばならないのである。

「やります」

　天野が語気を強めて言ったが、すぐに不安そうな顔をして、

「ですが、神山は抵抗すると思いますよ。逃げられぬと観念すれば、腹を切るかもしれません」

　天野は、神山を捕縛するのはむずかしいと思ったようだ。

　隼人も天野と同じ読みだった。神山を捕縛するために、大勢の捕方を差し向けられないこともあり、お縄にするのは至難とみていた。

「抵抗するようなら、斬ろう」

　隼人は神山が抵抗すれば斬ってもいいと思っていた。すでに、宗右衛門をはじめとする一味の隠れ家や所在はつかんでいたので、神山を訊問して吐かせる必要もなかっ

たのである。それに、ひそかに神山を始末できれば、時間稼ぎにもなるのだ。

「分かりました」

天野が顔をひきしめて言った。

「その前に奉行の許しを得ねばならんから、仕掛けるのは三日後になるかな」

隼人は、明日にも御番所で筒井に会おうと思った。

天野の屋敷を出ると、八丁堀は暮色につつまれていた。同心たちの組屋敷からも灯が洩れている。

その日、隼人はおたえに酒の用意をさせ、久し振りでゆっくりと飲んだ。探索に目鼻がついたというより、宗右衛門一味の捕縛を目前にして昂る気持を鎮めようとしたのである。

翌日、隼人は筒井の下城を待って役宅で会い、これまでの探索の経過をかいつまんで話した。

「長月、でかしたぞ」

めずらしく筒井は興奮した声で言った。名うての悪党一味を、南町奉行所の手で捕縛できると踏んだのであろう。

「一味の捕縛に当たり、策がございます」

隼人が言った。

「策とな。もうしてみよ」

「まず、天野を襲った神山孫八郎を捕らえようと存じますが、この者、一刀流の遣い手にございます。それに、おとなしく縛《ばく》に就くとは思えませぬ」

「手に余れば斬ってもよいぞ」

筒井がそう答えることは、隼人にも分かっていた。

「さらにもうひとつ」

「なんだ」

「一味の隠れ家は三ヵ所。捕方も三手に分かれ、間を置かずに一気に仕掛けねば取り逃がす恐れがございます。つきましては、どなたかの出役を仰ぐとともに、前もってひそかに捕方を手配いたしておきたいと存じます」

山本町の河内屋、入船町の賭場、それに佐賀町の飲み屋、だるま屋である。

「荒木《あらき》がよかろう。わしから、命じておく」

「荒木さまなれば、安心でございます」

荒木文左衛門《ぶんざえもん》は適任である。初老の与力だが、大捕物の経験も豊富で他の与力や同心の信頼も厚かった。

「それで、捕物はいつがよいな」

「明後日、早朝」

隼人は、できれば払暁《ふつぎよう》がいいと思っていたが、大勢の捕方を深川に集めるのは無理である。それでも、朝の内なら宗右衛門一味もそれぞれの住家にいるだろう。

奉行所を出た隼人は、その足で紺屋町の豆菊へむかった。八吉に宗右衛門たちの捕縛の手順を話しておくことと、神山や宗右衛門に変わった動きはないか確認するためである。

「旦那、神山も宗右衛門も、あっしらが隠れ家をつきとめたことに気付いちゃァいねえ」

八吉によると、宗右衛門一味に変わった動きはないという。

「いよいよだな」

隼人がそう言うと、そばにいた利助が、

「旦那、あっしも捕方にくわわりやすぜ」

と、興奮して言った。

すると綾次も、あっしも行きやす、とめずらしく声を大きくして言った。どうやら、ふたりは探索の蚊帳《かや》の外に置かれ、不満を募らせていたらしい。

「分かった。ふたりにも頼む」

隼人が苦笑いを浮かべて言った。

6

隼人と天野は、陽が家並のむこうにまわってから八丁堀を出た。ふたりとも御家人ふうの格好をしていた。神山を捕縛するためだが、人目に立ちたくなかったのである。

ふたりが馬喰町の馬場に着き、いっとき待つと、利助が駆け寄ってきた。八吉、利助、綾次の三人は、今朝から神山の住家の近くに張り込んで見張っていたのである。

「やつは、家にいやす」

利助が昂った声で言った。

「八吉は」

「親分と綾次は、やつの家の近くで見張っておりやす」

「よし、行こう」

隼人と天野は利助につづいて、下駄屋のある路地へむかった。

下駄屋の近くの椿の陰に、八吉と綾次がいた。以前、隼人が神山が出て来るのを待っていた樹陰である。

「旦那、神山は家におりやすぜ」

八吉が小声で言った。

「ひとりか」

念のために、隼人が訊いた。

「へい、ひとりのはずです」

八吉によると、家から話し声は聞こえないし、他人がいる様子はないという。

「分かった。後は、おれと天野でやる。八吉たちは後ろで見ていてくれ」

「承知しやした」

隼人と天野が、下駄屋の脇から神山の家にむかった。八吉たち三人は、すこし間を置いてついてくる。

神山の住む家はひっそりとしていた。ただ、住人はいるらしくかすかな物音が聞こえてきた。

隼人は戸口に立って周囲を見渡した。人目につかず、立ち合える場所を探したのである。

戸口の前の路地は狭く、長屋をかこった板塀がすぐ前まで迫っていたので、抜き合わせる間はなかった。

……縁先がいいな。

短い縁側があり、その前が空地になっていた。庭だったらしいが、長年放置されたらしく、植木の松は枯れて雑草がはびこっている。ただ、丈の低い雑草だったので、それほど足場は悪くない。

隼人は天野を戸口に残して縁先にまわった。神山が戸口から飛び出しても対処できるように、天野を配置したのである。

隼人は縁先に立った。障子のむこうで物音がした。手酌で酒でも飲んでいるのか、瀬戸物の触れ合うような音がした。

「長月隼人だ！　神山孫八郎、いるか」

隼人の声に、家のなかの物音が静まった。

外の様子をうかがっているような気配がしたが、すぐに立ち上がって畳を踏む音がし、障子があいた。

大柄で、赤ら顔の男だった。左手に大刀だけを持っていた。肩幅がひろく、首が太い。腰もどっしりとしていた。剣の遣い手らしい体軀である。

「ひとりか」

神山は隼人を見て、口元にうす笑いを浮かべた。捕方の姿がないので、逃れられると踏んだのかもしれない。

「もうひとりいる」

隼人がそう言ったとき、天野が小走りに近寄ってきた。

「神山、きさまだけは、おれがお縄にしてやる」

天野が神山を睨みながら強い口調で言った。

「せっかく、死なずに済んだのに、また斬られに来たのか」

神山は口元に嘲笑《ちょうしょう》を浮かべ、左手に携えていた大刀を腰に帯びた。そして、隼人と天野に目をむけながら、ふたりでくるのか、と訊いた。

「まず、おれが相手だ」

そう言って、隼人が後ろに身を引いて立ち合いの場をあけると、すかさず天野が戸口の方へ退いた。

「よかろう」

神山が縁先から飛び下りた。

隼人と神山は、およそ三間の間合を取って対峙した。ふたりは向き合ったが、すぐに抜刀せず、互いに相手を見つめている。

「行くぞ！」

声を上げ、神山が抜刀した。

「こい！」

隼人も抜いた。

神山は八相に構えた。腰の据わった大きな構えで、覆いかぶさってくるような威圧があった。なかなかの構えである。

対する隼人は青眼から刀身をすこし上げて、敵の左拳《こぶし》に切っ先をつけた。八相に対応する構えである。

神山は趾《あしゆび》を這《は》うようにさせて、ジリジリと間合をつめてきた。対する隼人は動かず、敵の斬撃の起こりを察知しようと、気を鎮めている。

しだいに間合が狭《せば》まり、ふたりの間の緊張が高まってきた。ふたりは鋭い切っ先のように敵の動きに神経を集中している。

神山が寄り身をとめた。左足が一足一刀の間境にかかっている。ふたりは、塑像のように動かない。

剣の磁場がふたりをつつみ、すべての音が消え、時がとまった。

フッ、と神山の左拳が下がった。

刹那、ふたりから稲妻のような剣気が疾《はし》った。

ふたりの裂帛《れっぱく》の気合が静寂を劈《つんざ》き、黒い影のように体が躍動した。

神山は八相から袈裟へ。

間髪をいれず、隼人は袈裟にきた神山の刀身を撥ね上げざま刀身を返して横に払った。一瞬の太刀捌きである。

神山の切っ先が空を切り、隼人のそれが神山の右の二の腕を深くえぐった。次の瞬間、ふたりは背後に跳んで、ふたたび青眼と八相に構えあった。

神山の着物が裂け、露になった右腕が血に染まっていた。神山の顔が苦痛にゆがんでいる。八相の構えも腰が浮き、刀身が揺れていた。体が異常な気の昂《たかぶ》りで硬くなっているのだ。

「おのれ！」

神山は憤怒《ふんぬ》の形相《ぎょうそう》でふたたび間合をつめ始めた。

隼人はすばやく身を引き、

「天野、討ち取れ！」

と、声を上げた。神山は腕を斬られ、平静さを失っていた。この機をとらえ、天野に神山を仕留めさせようとしたのである。

天野は、オオッ！　と声を上げ、隼人の前にまわり込んで、切っ先を神山にむけた。

「若造！　生かして、おかぬぞ」

神山は吼《ほ》え声を上げて、天野との間合をつめてきた。

天野は青眼に構え、切っ先を敵の目線につけている。隙のない腰の据わった構えである。

斬撃の間に迫るや否や神山が仕掛けた。気攻めも牽制《けんせい》もない、捨て身の攻撃である。

神山は気合とともに八相から袈裟へ斬り込んできた。

だが、斬撃に鋭さがない。右腕の負傷によるのか、太刀筋も乱れていた。

すかさず、天野は右手に体をひらいて袈裟への斬撃をかわしざま、胴へ斬り込んだ。払い胴である。

ドスッ、というにぶい音がし、神山の上半身が前に屈み、そのまま泳ぐようによろめいた。神山は数歩よろめいて足をとめたが、その場に両膝を折り、腹を左手で押さえてうずくまった。獣の唸るような呻き声を洩らしている。押さえた手の間から血が滴り、臓腑《ぞうふ》が覗いていた。

「神山は助からぬ。とどめを刺してやれ」

隼人が言うと、天野は神山の脇へ身を寄せた。

「ごめん！」

言いざま、天野が手にした刀を一閃させた。

骨音がし、がくりと神山の首が前に落ちた。次の瞬間、首根から血が赤い帯のように疾《はし》った。

神山は首を垂らしたままうずくまっている。首根から血が滴り落ちていたが、すでに息絶えていた。天野は喉皮を残して神山の首を刎たのである。

「神山を討ち取りました」

天野が昂った声で言った。返り血を浴びた顔がこわばり、目が異様にひかっている。

「始末がついたな」

隼人は兼定の血糊《ちのり》をぬぐい、ゆっくりと納刀した。

第六章　大川端の死闘

1

隼人は気がかりなことがあった。桑島惣兵衛の所在だけが、はっきりつかめていなかったのだ。

神山を討ち取った後、隼人は八吉、利助、綾次、繁吉、浅次郎の五人に河内屋、入船町の賭場、だるま屋の三ヵ所を見張らせ、宗右衛門一味の動向を探らせた。一味の所在を確かめるとともに桑島の所在をつかみたかったのである。

隼人たちが神山を討ち取った翌日の夕方、八丁堀の隼人の屋敷に綾次があらわれた。この日、隼人は午後から八丁堀に待機していたのだ。

「旦那、桑島がいやした」

綾次は、縁先にいた隼人の顔を見るなり言った。

「どこにいた」

「だるま屋で」

綾次によると、桑島は昨日の夜、だるま屋にあらわれ、今日もそのままだという。

なお、昨夜から、八吉、利助、綾次は、すこし離れた大川端の船宿の一室を借り、三人で交替して仮眠を取り、だるま屋を見張っていたそうである。

「宗右衛門も、だるま屋にいるのだな」

隼人は念を押した。

「へい、それに、藤次もおりやす」

「三人、揃っているのか」

「神山の所在が知れなくなり、相談のために親分の許に集まったのかもしれやせん」

隼人たちは神山を討ち取った後、死体は片付けていた。神山が斬られたことは、すぐには分からないはずである。

「おれが、だるま屋へ行こう」

隼人は決心した。捕方を三隊に分けて一斉に襲う手筈になっていたが、桑島がどこにいるかで、隼人は自分の行き先を決めようと思っていたのだ。

「綾次、今夜も、だるま屋を張ってくれ。捕方が向かうのは、明朝だ」

明日、払暁とともに八丁堀を出て、三隊が舟で河内屋、入船町の賭場、だるま屋へ向から手筈になっていた。幸い、三カ所とも大川と掘割を舟でたどれば、すぐ近くまで行くことができる。

二晩つづけて、夜通し見張るのは辛《つら》いだろうが、何としても宗右衛門たちを逃したくなかったのだ。

「承知しやした」

綾次はきびすを返すと、足早に深川へとむかった。

その夜、隼人は天野とも会った。天野によると、横峰もその気になり、自ら志願して捕方にくわわるそうである。

「岡っ引きたちも、その気になっているようです。なにしろ、これだけの大捕物に怖がってくわわらなかったとなると、後々、恥かしくて町を歩けなくなりますからね」

天野が満足そうに言った。

横峰や町方が積極的になったのは、宗右衛門に対する恐れがなくなったからであろう。

「それで、天野はどの隊を指揮する」

隼人が声をあらためて訊いた。

「わたしは、河内屋へ行きます。横峰さんと加瀬《かせ》さんが入船町へ。荒木さまは、だるま屋へ行くことになるでしょうね」

加瀬は臨時廻り同心で、これまでも隼人たちと多くの捕物を指揮したやり手である。荒木が、頭目の宗右衛門がいるだるま屋へ行くのは当然であろう。

「いい布陣だな。宗右衛門一味も一網打尽にできるだろう」

隼人の胸も昂ってきた。

翌払暁、南茅場町の大番屋の前に、荒木以下四十人ほどの捕方が集まっていた。これから、大番屋の裏手を流れている日本橋川の鎧ノ渡《よろいわたし》から舟で目的地へむかうのである。

荒木は黒塗りの陣笠をかぶり、背割りの野羽織、野袴、紺足袋に草鞋掛《わらじが》けという与力の捕物出役装束《しょうぞく》に身をかためていた。

捕方たちも、むこう鉢巻に襷掛《たすきが》け、手甲脚半という扮装《いでたち》で、手に手に十手や六尺棒を持っていた。なかには、突棒《つくぼう》、袖搦《そでがらみ》、刺叉《さすまた》などの長柄の捕具を手にしている者もいる。どの顔も緊張と興奮で紅潮していた。

隼人は特別な装束は身に付けず、野袴に草鞋掛けで兼定を帯びていた。宗右衛門の捕縛は荒木をはじめとする捕方たちにまかせ、自分は桑島を捕らえるつもりだったが、神妙に縛に就くとは思えなかった。

……斬らねばなるまい。

と、隼人は肚をかためていた。桑島を、下手に捕縛しようとすれば捕方から大勢の犠牲者が出るからである。

隼人のそばには綾次が、むこう鉢巻に襷掛けという勇ましい格好で立っていた。八吉と利助は、だるま屋を見張っているはずである。綾次は興奮と緊張で、顔をこわばらせていた。なお、繁吉と浅次郎は河内屋と賭場を見張っていて、それぞれの隊が到着すれば、捕方のひとりとして現場を指揮する同心の指示にしたがうことになっていた。

「舟に乗り込め！」

荒木が声を上げた。

先頭に天野がたち、十人ほどの捕方がつづいた。天野隊の次は加瀬と横峰の隊である。やはり十人ほどだった。最後に荒木が二十人ほどの捕方を率いて、鎧ノ渡へむかった。隊の最後尾に隼人と綾次がついた。舟に乗らず、直接それぞれの目的地へむかう岡っ引きたちもいたので、現地に着けば、さらに捕方の人数は増えるはずである。

鎧ノ渡に用意してあった舟に天野隊から乗り込み、すぐに日本橋川を川下にむかった。日本橋川から大川へ出れば、対岸が深川である。

隼人は荒木と同じ舟に乗り込んだ。舟を漕ぐのは、若い捕方である。

風のない晴天だった。東の空が茜色《あかねいろ》に染まっている。頭上の空も青さを増し、星が瞬きを弱めていた。

「旦那、いよいよですね」

綾次が声を大きくして言った。水押《みお》しの川面を分ける水音で、ちいさな声では聞こえないのだ。

「ここまでくれば、取り逃がすこともあるまい」

隼人は対岸の深川に目をやりながら言った。

深川の町はまだ淡い夜陰に沈んでいたが、対岸沿いにつづく家並はその姿をはっきりとあらわしていた。

荒木隊の五艘《そう》の猪牙舟が佐賀町の桟橋へ船縁《ふなべり》を着けると、次々に捕方たちが桟橋に飛び下りた。

「荒木さま、こちらへ」

隼人が荒木の脇に立って先導した。一隊が川沿いの道まで来ると、利助が駆け寄ってきた。

「旦那、宗右衛門たちは店にいやすぜ」

利助が隼人に伝えた。顔が紅潮している。利助も気が昂っているようだ。

「桑島もか」

隼人は念を押した。

「へい」

「分かった」

すぐに隼人は、荒木に宗右衛門たちがだるま屋にいることを知らせた。

「よし、宗右衛門以下ひとりも逃さぬ」

荒木がけわしい顔で言った。

2

だるま屋の前の狭い路地に、三十人ほどの捕方が集まった。いずれも、緊張した面持ちで荒木の指図を待っている。

荒木は念のために、裏手に十人ほどの捕方をむけた。だるま屋と隣の店との間が一間ほどあいていて、そこから裏手へまわれたのだ。

荒木の指示で捕方のひとりが、表の板戸を引いたがあかなかった。心張棒でもかってあるらしい。

「ぶち破れ！」

荒木が声を上げた。

捕方のひとりが、こんなときのために用意した掛矢《かけや》を板戸に振り下ろした。バリッ、という大きな音がし、板戸が割れた。すぐに割れた場所から手を入れ、心張棒をはずして戸をあけた。

「踏み込め！」

荒木の声で、十人ほどの捕方が店のなかへなだれ込んだ。

土間に飯台が並べてあり、その先に座敷があるらしく障子が立ててあった。その障子のむこうで、男の怒号や女の喚《わめ》き声が聞こえた。つづいて、家具を倒すような音や障子をあけ放つ音などが起こった。宗右衛門たちが捕方の侵入に気付き、慌てて身づくろいをしているようだ。

と、いきなり障子があき、男がふたり顔を出した。ひとりは藤次で、もうひとりは手下らしい若い男だった。

「親分、町方だ！」

若い男がひき攣《つ》ったような声を上げた。

藤次は、ちくしょう！と叫びざま、懐から匕首を抜いた。藤次の背後に、さらに三人の人影が見えた。大柄な男と牢人、それに女だった。大柄な男が宗右衛門らしい。牢人が桑島で、女がおれんであろう。

御用！

捕方たちがいっせいに声を上げ、十手や六尺棒を突き出した。突棒や刺叉などの長柄の捕具をむけた者もいる。

「親分、逃げてくれ！」

叫びざま、藤次は目をつり上げ、前に立ちふさがった捕方に匕首で斬りかかった。

捕方が藤次の捨て身の迫力に気圧《けお》され、後じさった。その間隙《かんげき》を衝いて、宗右衛門が表に飛び出そうとした。

太い眉、カッと見開いた両眼。仁王のような面構えである。その宗右衛門に、六尺棒を持った捕方が殴りかかった。

宗右衛門は六尺棒を二の腕で受け、そのまま前に突進して捕方を突き飛ばし、戸口から飛び出した。熊のような男だが、動きは敏捷《びんしょう》である。

「かかれ！　かかれ！」

荒木が声を上げた。

戸口にいた十人ほどの捕方がばらばらと駆け寄って宗右衛門を取り巻き、いっせいに十手や長柄の捕具をむけた。宗右衛門は板戸を背にして手にした匕首を振り上げ、取り巻いた捕方たちを睨みつけている。

そのとき、土間にいた捕方のひとりが、ギャッ！ と絶叫を上げて、のけ反った。

桑島である。桑島は右手に持った刀を足元に垂らし、ゆっくりと土間へ下り立った。

桑島は表情を動かさなかったが、双眸が刺すようなひかりを放っていた。獲物に迫る餓狼《がろう》のようである。

土間にいた捕方たちが、腰を引いて後じさった。桑島の身辺にただよっている不気味さに恐れを抱いたらしい。

「そいつの相手は、おれだ」

隼人が後ろから声をかけると、前にいた捕方たちが慌てて左右に身を引いた。

「長月か」

桑島がくぐもった声で言った。

「桑島、おぬしはおれが冥途《めいど》へ送ってやるぜ」

「おもしろい」

桑島は隼人の前へまわり込んできた。

「ここは狭い。表へ出ろ」

土間は狭く、抜き合わせて対峙するのがやっとである。やたらに刀をふるえば、捕方たちを斬ることになろう。

「よかろう」

隼人と桑島は対峙したまま土間から外へ出た。

ふたりが抜き合わせて向き合ったのは、隣の店の前だった。すでに、明け六ッ（午前六時）を過ぎていたが、騒ぎを察知した隣の住人は表戸をしめたままである。

「冥途の土産《みやげ》に、直心影流の太刀捌きを見せてくれよう」

隼人は上段に構えた。

「おれは、首斬り流だ」

桑島がつぶやくような声で言った。己で工夫した刀法らしい。おそらく、多くの真剣勝負の修羅場のなかで会得《えとく》した剣であろう。

桑島は表情のない構えで、切っ先を足元に垂らしていた。下段というより、ただ刀身を足元に垂らしているだけに見える。ぬらりとつっ立った覇気のない構えが、かえって不気味であった。

……『松風《まつかぜ》』を遣う。

隼人は、ゆっくりと上段から青眼に構え直した。

直心影流には松風と称する刀法があった。どのような強風にもびくともしない松の大樹も、樹下に立つと微風にそよぐ枝葉の音が聞こえる。

このことと同様に、大樹のようながっちりした構えの相手や得体の知れぬ刀法を秘めた構えの相手には、強風ではなく微風となって相手を動かすことが大事とされている。

松風は微風のような仕掛けで相手を誘い、敵が動いた瞬間をとらえて攻撃する後《ご》の先《せん》の太刀である。

つ、つ、と桑島が間を寄せてきた。ほとんど体が揺れない。そのままの体勢で、ヌーと迫ってくるように見えた。構えや気の動きに変化がないため、敵の動きや仕掛けが読めない。隼人は異様な威圧を感じた。

桑島は一足一刀の間境の手前で寄り身をとめると、前に出した右足の脇に刀身を引いた。その構えから、斬撃をあびせてくるらしい。

隼人は気を鎮めて桑島の全身を見つめている。

3

対峙したふたりは動かなかった。痺れるような剣気がふたりをつつんでいる。

数瞬が過ぎた。

と、ふいに隼人が動いた。青眼から、つ、と切っ先を一寸ほど前に出し、同時に斬撃の気配を見せたのだ。

敵を動かすための誘い、すなわち松の大樹を動かす微風である。

刹那、桑島が反応した。

迅い！　疾風のような動きだった。

一瞬のうちに、刀身を脇に引いた構えから踏み込みざま逆袈裟に斬り込んできた。

咄嗟に、隼人は身を引いてこの切っ先をかわしたが、桑島はさらに踏み込み二の太刀をあびせてきた。

逆袈裟に斬り上げた刀身を返しざま、横に払ったのである。切っ先が隼人の首筋に伸びてきた。神速の太刀捌きである。

間一髪、隼人は上体を後ろに倒して、桑島の切っ先を逃れたが、体勢がくずれて後ろへよろめいた。

叫びざま、桑島は隼人に身を寄せ、さらに袈裟へ斬り込んできた。

が、隼人は体勢をくずしながらも、踏み込んできた桑島の手元へ斬り込んだ。咄嗟の反応である。

甲高い金属音がひびき、青火が散ってふたりの刀身がはじき合った。隼人はさらに後方へ下がり、大きく間合を取ってから上段に構えなおした。桑島は、ふたたび刀身を足元に垂らして立った。

「次は、うぬの首を落とす」

桑島がくぐもった声で言った。

「できるかな」

隼人は、上段からゆっくりと青眼に構えなおした。

いまの一合《いちごう》で、隼人は桑島の太刀捌きを見ていた。逆袈裟から刀身を横に払い、さらに刀身を返して袈裟へ、連続して斬り込んでくるのだ。敵の首を刎るのは、横に払う太刀である。

……二の太刀の起こりをとらえればいい。

隼人はそう察知していた。


「逃さぬ！」

ふたたび桑島が間合をつめ始め、斬撃の間境の手前で寄り身をとめた。

数瞬、睨み合った後、隼人が先に仕掛けた。先ほどと同じように、切っ先を前に出して斬撃の気配を見せたのである。

瞬間、桑島の体が躍動した。

踏み込みざま、疾風のように逆袈裟に斬り上げた。そこまでは一合したときと、両者の動きは同じだった。

が、次の動きはふたりともちがっていた。

桑島は隼人の右の二の腕を狙い、隼人は後ろへ身を引きざま、払い上げるように桑島の脇腹へ斬撃をみまった。

隼人の右腕に疼痛《とうつう》がはしった。同時に、手に敵の皮肉を裂いた手応えもあった。

次の瞬間、ふたりは弾かれたように後ろへ跳んだ。

隼人の着物が裂け、露になった右の二の腕から血が流れ出ていた。だが、それほどの深手ではない。刀は存分にふるえる。

一方、桑島の着物の脇腹が裂け、肉がひらいていた。血が見る間に、着物と袴を蘇《す》芳色《おういろ》に染めていく。桑島の顔が驚愕《きょうがく》と苦痛にゆがんでいる。

「まだだ！」

桑島が吼えるように叫んだ。

そして、刀身をだらりと下げて、身構えた。だが、体が揺れていた。垂らした刀身も震えている。腹部からの出血が、小袖と袴の腹部から膝にかけてひろがっていく。

桑島は目をつり上げて間合をつめ、斬撃の間境を越えると、いきなり逆袈裟に斬り込んできた。

この太刀筋を読んでいた隼人は身を引かずに、刀身を横に払って、桑島の斬撃をはじいた。体勢をくずした桑島が横に泳ぐところを、隼人は踏み込みざま袈裟に斬り落とした。

隼人の一颯《いっさつ》が、桑島の首根をとらえた。

桑島の首根から血が噴き、驟雨のように飛び散った。桑島は血を撒《ま》きながらよろめき、腰からくずれるように転倒した。

俯せになった桑島は、地面を這おうとでもするかのように四肢を動かしていたが、すぐに動かなくなった。絶命したようである。

隼人は、宗右衛門に目を転じた。七、八人の捕方に囲まれている。そのなかには、八吉の姿もあった。八吉は細引の先の鉤をまわしている。

宗右衛門の着物が何ヵ所も破れ、血まみれになっていた。刺叉や突棒で突かれたにちがいない。宗右衛門は左袖に袖搦をからまれ、吼えるような怒号を上げながら右腕だけで匕首をふりまわしていた。猟犬にかこまれた、傷ついた巨熊のようである。

そのとき、八吉が鉤を投げた。咄嗟に、宗右衛門は匕首をふるって鉤を払おうとしたが、空を切り、胸部に当たった。

グワッ、という呻き声を上げ、宗右衛門は激痛に顔をしかめて、うずくまった。そこへ、捕方の六尺棒が振り下ろされ、肩口を強打した。

宗右衛門は、叫び声を上げて背をのけ反らせた。それでも、よろめきながら立ち上がると、捕方たちを睨みつけ、

「おまえらの縄は、受けねえ！」

叫びざま、手にした匕首で喉を突き刺した。

宗右衛門の首から血が噴き、まわりにいた捕方たちにまで血飛沫が飛んだ。宗右衛門は顔や上半身を真っ赤に染めて、その場につっ立っていたが、呻き声を上げながら朽ちた巨木のように倒れた。

捕方たちは、息を呑んで倒れた宗右衛門を見つめている。

隼人はすぐにその場を離れ、戸口から店のなかに入った。もうひとり、気になる男がいた。藤次である。

だが、藤次は捕方の手で捕らえられていた。藤次も抵抗し、突棒などの長柄の捕具で痛めつけられたらしく、着物はずたずたに裂け、血だらけになっていた。

藤次は後ろ手に縄をかけられたまま、ハア、ハア、と肩で息していた。目をつり上げ、歯を剝き出している。狂気を感じさせるような顔だった。

いっときすると、捕方たちの手で奥の座敷に逃げもどっていた若い手下とおれんにも縄がかけられ、土間へ連れ出されてきた。

だるま屋にいた一味の始末はついたようである。

隼人が懐紙で兼定の血糊をぬぐって納刀したとき、

「引っ立てろ！」

と、荒木の声がひびいた。

4

豆菊の座敷に、六人の男が集まっていた。隼人、八吉、利助、綾次、繁吉、浅次郎である。捕方が宗右衛門一味の三カ所の隠れ家を奇襲してから、五日経っていた。この日、隼人は八吉たちを慰労するために、豆菊へ集めたのである。

「さァ、遠慮なくやってくれ。今度の一件は、おめえたちの手柄かもしれねえぜ」

隼人はそう言って、八吉の猪口に酒をついでやった。利助たち若い者は勝手につぎ合って飲んでいる。

いっとき酌み交わした後、隼人が、

「繁吉、賭場では八人もお縄にしたそうだな」

と、声をかけた。繁吉が入船町の賭場を見張っていたのである。

その後、隼人は入船町へ出向いた加瀬から、そのときの様子を聞いていたのだ。

加瀬の話によると、寝込みを襲われた為蔵と手下は逃げ惑い、抵抗したのは為蔵を逃がそうとした三人の手下だけだったという。

その三人も、捕方に取り囲まれ、長柄の捕具で打ちのめされ、呆気《あっけ》なく縄をかけられたそうである。

「へい、横峰の旦那と加瀬の旦那が張り切ってやしてね。賭場にいた為蔵と手下をひとり残らずふん縛ったんでさァ」

繁吉が声を大きくして言った。

「横峰さんも、あの日、手柄をたてねえことには、でかい顔をして町を歩けなくなるからな。必死だったんだろうよ」

そう言って、隼人はうまそうに猪口をかたむけた。為蔵以下八人も捕らえれば、横峰の顔も立つだろう。

「浅次郎、河内屋の方はどんな捕物だった」

八吉が、浅次郎に訊いた。河内屋を見張っていたのは浅次郎である。

「捕らえたのは伝次郎と、手下が三人です」

河内屋では捕方に逆らう者はなく、伝次郎も捕方に囲まれるとおとなしく縄を受けたそうである。

浅次郎によると、後は宗右衛門一味とはかかわりのない住込みの女中や包丁人で、一応大番屋へ連れていかれて事情を訊かれたが、事件とかかわりがないと認められた者はすぐに放免されたという。

「聖天町の親分も死んだし、これで始末がついたわけだな」

それにしても、厄介《やっかい》な一味だった。姿をあらわさない宗右衛門にくわえ、桑島、神山、藤次と腕の立つ殺し屋がいて、町方の命も狙ってきたのである。一歩まちがえば、天野も隼人も殺されていたかもしれない。

「それで、旦那、松喜屋の久右衛門と手代の利三郎殺しはどうなりやした」

八吉が訊いた。松喜屋の件を探っていた八吉にすれば、殺しの依頼人や下手人のことが気になっていたのだろう。

「藤次が、吐いたそうだよ」

　隼人は、天野から聞いたことだが、と前置きして、松喜屋の件について話した。八吉が睨んだとおり、松喜屋の主人の殺しを依頼したのは大黒屋の主人の仙兵衛で、番頭の粂造も主人の指示で、殺し屋側に金を渡したり松喜屋の主人の動向を知らせたりしたという。なお、利三郎はたまたま主人といっしょにいたために殺されたようである。

「やはり、千里屋の仙五郎が仲立ちをしたんですかい」

「そのようだな。仙五郎と万田屋の富蔵は、若いころ吉原や浅草寺界隈の岡場所で遊んだらしく、そのころ宗右衛門とのつながりができたようだ。そうした腐れ縁がいまもつづいていて、殺しの仲介や客に伝次郎の息のかかった売女《ばいた》を紹介したりしてたらしいのだ」

　吟味方与力や天野たち同心の吟味で、久右衛門と利三郎の殺し、それに瀬戸物屋の島蔵と下駄屋の平造の身投げの件も、その経緯と下手人が分かったのである。

「てえことは、仙五郎と富蔵も宗右衛門の手下みてえなもので」

　八吉が言った。

「まァ、そうなるな。……ふたりとも、天野の手でお縄になったがな」

伝次郎や為蔵たちを捕らえた二日後に、天野は手先を連れて柳橋へ出向き、ふたりを捕らえていた。

隼人の話が一段落したとき、

「旦那、桑島ですが、どこから江戸へ流れて来たんです」

利助が訊いた。利助は、桑島を流浪の牢人と見ていたようである。

「街道筋の宿場を、流れ歩いていたらしいな。やつは、人を斬りながら腕を上げていったようだ」

隼人は、桑島のことも為蔵を吟味した天野から聞いていた。

天野の話によると、桑島は中山道《なかせんどう》の高崎近くの郷士の次男に生まれ、高崎城下の馬庭念流《まにわねんりゅう》の道場に二十歳ごろまで通ったが、酒に酔って同門の者を斬り、中山道、奥州街道などを流れ歩くようになったらしいという。

江戸には三年ほど前に来て、入船町の賭場に出入りするうちに為蔵の用心棒となり、さらに宗右衛門にその腕を買われて殺し屋になったそうである。

「お縄になった一味は、どうなりやすかねえ」

そう言って、利助が隼人と八吉に目をやった。

「死罪はまちがいないな」

隼人が言った。

藤次、伝次郎、為蔵の三人は市中引廻しの上、獄門晒首《さらしくび》の極刑に処せられるだろう。河内屋や賭場にいた手下、それに仙五郎と富蔵は、それぞれの罪状によって処罰は異なるはずである。

「あれだけの悪事を働いたやつらだ。獄門晒首も当然だよ」

八吉が、つぶやくような声で言い添えた。

そのとき、隼人たちのやり取りを聞いていた繁吉が、

「あっしには、腑に落ちねえことがあるんですがね」

と、隼人の方に身を乗り出すようにして言った。

「なんだ」

「聖天町の親分こと、宗右衛門ですがね、手下を使って博奕に金貸し、揚げ句は金ずくで殺しまで引き受けてたんだ。大金を持ってたはずだと睨んでやすが、それが見つかったんですかい」

繁吉が目をひからせて訊いた。

「だるま屋に、三百両ほどあったそうだよ」

それも、天野から聞いたことだった。

「三百両ですかい。思ったより、すくねえな」

繁吉は不審そうな顔をした。

すると、利助がふたりの話に割り込んできて、

「金もそうだが、あれだけの親分が、だるま屋のようなちいせえ店で細々と暮らしてたんですぜ。よく我慢できたと思ってるんですよ」

と、口をとがらせて言った。

「あれは、宗右衛門の隠れ蓑だ。隠れ蓑にくるまって姿を隠していたからこそ、長年町方の手から逃れられたんだよ」

「隠れ蓑か」

利助が感心したように言ったが、顔にはまだ腑に落ちない表情があった。

「それにな、やつはもうひとつ、隠れ蓑を持ってたのさ」

宗右衛門の片腕だった為蔵と伝次郎の吟味から分かったことらしいが、宗右衛門は向島の眺めのいい大川端に、贅沢《ぜいたく》な造りの寮を持っていて妾《めかけ》を囲っていた。宗右衛門は大店の隠居という触れ込みで、月の十日ほどは寮で楽しんでいたそうである。

そのことを隼人が話すと、

「やっぱりそうか。あっしも、そんなことじゃァねえかと睨んでたんでさァ」

利助が、やっと納得したような顔をした。

「宗右衛門はいくつかの顔を持っていて、手下たちにも居所をつかませなかったようだな」

宗右衛門は姿を見せないことで、手下たちにも得体の知れない不気味な存在と思わせ、恐れを抱かせて支配していたのである。

「大親分かもしれねえが、最期はぶざまなもんですぜ」

八吉が隼人の猪口に酒をつぎながら言った。

「ちげえねえ。聖天町の親分も姿を見せりゃァ、ただの悪党だ」

そう言って、隼人は猪口の酒をかたむけた。

酒がうまかった。事件が解決したこともあるが、八吉たちとゆっくり飲むのは久し振りだったのである。

時代小説文庫
と 4-13

かくれ蓑《みの》 八丁堀剣客同心《はっちょうぼりけんかくどうしん》

著者 鳥羽《とば》 亮《りょう》

2008年 3月18日第一刷発行
2016年11月18日第五刷発行

発行者 角川春樹

発行所 株式会社 角川春樹事務所
〒102-0074 東京都千代田区九段南2-1-30 イタリア文化会館

電話 03(3263)5247[編集] 03(3263)5881[営業]

印刷・製本 中央精版印刷株式会社

フォーマット・デザイン＆シンボルマーク 芦澤泰偉

ISBN978-4-7584-3327-3 C0193

http://www.kadokawaharuki.co.jp/[営業]
fanmail@kadokawaharuki.co.jp[編集] ご意見・ご感想をお寄せください。